ああ……っ、駄目っ……、
なんて眩《まぶ》しいの……！
もうなにも考えられなくなってしまう……!!
私の理想通り、いや、それを遥かに超えた、
まさに神の領域。造形品。国宝級……！

Contents

追放された騎士好き聖女は今日も幸せ

真の聖女らしい義妹をいじめたという罪で婚約破棄されたけど、憧れの騎士団の寮で働けることになりました！

◆追放ですか？　喜んで！

「シベル・ヴィアス！　今このときをもって君との婚約は破棄させてもらう！」

王宮内にある大ホールに、グランディオ王国の王子、マルクス様の高い声が響き渡った。

今はパーティーのまっただ中だったのだけど、婚約者の私ではなく、私の義理の妹と一緒にいる殿下に声をかけた途端《とたん》、興奮気味にこう言われたのだ。

「……どうしてですか？」

婚約破棄を言い渡された私、シベルは殿下の突然の言葉にわけがわからず、首を傾げて理由を問う。

「君は義理の妹であるアニカが真の聖女だとわかった途端、彼女をいじめるようになったな」

「いじめ……？」

更に続けられた殿下の言葉と、涙目で殿下に寄り添う義妹、アニカを見て、思い当たることがあっただろうかと私は頭を悩ませた。

私が六歳のときに実の母が亡くなって、翌年父は再婚している。その連れ子が私と同い年の妹、アニカだ。

この国には約百年に一度、聖女が誕生する。聖女は、いるだけでその地に平和をもたらすとされている。

その聖女が、我がヴィアス伯爵家の娘であると、王宮の預言者からお告げがあったのはもう七年前のこと。私が十歳のときだった。

ヴィアス伯爵の実子は私一人。そのため私が聖女認定されて、すぐにマルクス様との婚約が決まった。

けれど今から数週間前、本当の聖女は義理の妹であるアニカのほうだと、ヴィアス伯爵の後妻である継母が突然言い出したのだ。

聖女らしいことをまったくしない私は、偽物らしい。

それに、私は見たことがないけれど、聖女だけが使える聖なる力とやらをアニカが使っているのを、継母は見たらしい。

私が真似をして嘘を吐くかもしれないと言い、具体的にどのようなものだったのかは教えてくれなかったけど。

「とぼけるな。アニカを階段から突き落としたり、ドレスにワインをかけたりしただろう！」

「ああ……」

「目撃者も多数いるんだぞ!!」

マルクス様の王妃《母親》譲りの金髪は少し長めだ。それを後ろで縛り、国王《父親》譲りの碧眼《へきがん》を私に向けて言った言葉に、そのときのことを思い出してみる。

確かにそんなこともあったわね。

けれどあれは確か、階段でアニカのほうから肩をぶつけてきて、彼女が勝手に転んだだけだ。

それに、私がすぐアニカの腕を摑んだから、落ちてはいない。

目撃者がいるんじゃないのかしら？

ワインだって、やっぱり向こうからぶつかってきて、私が持っていたグラスからこぼれたワインが彼女のドレスに少しかかってしまったけど、私のドレスのほうがもっと汚れたのよね。

「他にも色々聞いているぞ。とにかく君のような女はもうここには置いておけない！　聖女であるアニカになにをするかわからないからな！　よって君は辺境の地・トーリへ追放する！」

「……まぁ！　トーリへですか!?」

婚約破棄を言い渡されても動じなかった私だけど、その地名には思わず大きく反応してしまった。

ああ……そんな、まさかトーリへ追放だなんて……！

トーリは魔物が多く発生している危険な地域。そして今は第一騎士団が派遣されている場所。

「そうだ。君は騎士団の寮で働いてもらうことになる。人手が足りていないからな」

「まぁ！　騎士団の寮で!?」

ああ……なんということでしょう。

「これは決定したことだから、今更謝ったってもう取り消すことはできな――」

「ありがとうございます！」

「……は？」

嬉しくて嬉しくて、飛び上がってしまいそう。

そんな気持ちを抑えて、伯爵令嬢らしく精一杯落ち着かせた声でマルクス様にお礼を言った。

それでもやはり、声が弾んでしまっていたような気がするけれど。

「あ、ありがとうだと!? 君はなにを言っているんだ!? トーリは今、魔物の脅威にさらされている危険区域だぞ？ わかっているのか!?」

「ええ、第一騎士団が派遣されているところですよね」

「そうよ、お義姉《ねえ》様はその騎士団の寮で働かされるのよ!?」

今度は義妹のアニカが、可愛らしくウェーブがかったピンクブロンドの髪を揺らし、同色の瞳を私に向け、マルクス様の腕にくっつきながら言った。

この子って、小柄でか弱い見た目に反して気が強いのよね。みんな気がついていないようだけど。

「野蛮な男ばかりの、騎士団の寮で――」

「喜んで!!」

「……は？」

アニカとマルクス様はわけがわからないというような顔をしている。

五年前に父が亡くなってからは、ヴィアス家の古くからの使用人が一掃され、継母に言いつけられた新しい使用人は私のお世話をしてくれなくなった。

だから私は、食事や洗濯、掃除も自分でやらなければならなくなった。

まぁ、やってみたらそんなに苦ではなかったのだけど。

伯爵家を私に継がせたくなかった継母は、父の死後すぐに自分の親戚筋から養子を取り、一つ年上のアンソニーが家を継いだ。

継母は、自分の娘ではなく、私が聖女で王子の婚約者に選ばれたことが、相当面白くなかったらしい。

ともかく、私は聖女ではないからマルクス様と結婚しなくていいようだ。

確かにトーリは危険なところだけれど、それよりなにより、魔物の脅威を食い止めるために派遣されている第一騎士団の寮で働けるなんて……!!

……ああ、神様っていたのね!!

今までずっと、誰にも言えずにいたのだけど、私は筋肉が……いいえ、騎士様が大好きなのだ。

高位貴族の令嬢なのにはしたないとか、おかしいとか、悪趣味だと思われるということはわかっている。

だから今まで、誰にも言わずに生きてきた。

でも、これからはそんな大好きな騎士様たちのところで働けるの……？

きっとこのために私はこの五年間、家事をやらされていたんだわ。そうとすら思える。

だって騎士様たちに料理が下手だとか、掃除もろくにできない役立たずだと思われずに済むものね！

ああ、マルクス様……そしてお義母様、アニカも。ありがとう!!

マルクス様のことも嫌いではなかったけれど、興味はなかった。

だってマルクス様って、とても細いんだもの。

彼のことをすらっとしていて素敵だと言うご令嬢もいるけれど、私の好みはそれではない。

ああ、そういえばアニカはマルクス様のことを素敵だと言っていた気がする。

けれど私は、騎士様のように男らしく鍛《きた》えられた筋肉と、たくましく大きな体軀《たいく》が好み。

王宮騎士団——その中でも特に第一騎士団の皆様は選《え》りすぐりのエリート部隊。

九歳の頃に、今は亡き父について騎士団の演習を見学して以来、私は騎士団の虜《とりこ》。

国を守るために命をかけて戦う姿も、光る汗も、剣を振るうたくましい腕も、服の上からでもわかる引きしまった筋肉と体軀も……すべてが格好いい!!

あれはまさに芸術品。国の宝。

見ているだけで心が満たされるの。今まで誰にも言ったことはなかったんだけどね。

けれどその一年後、私が聖女だと言われて、三つ年上の線が細いマルクス様との結婚が決まってしまった。とてもがっかりしたけれど、まさか第一騎士団がいる寮で働けることになるなんて……！

「本当にありがとうございます、マルクス様！　アニカ、妃教育は大変だと思うけど頑張ってね！　それから、真の聖女としてよろしく！　それじゃあ」

そうと決まればすぐにうちに帰って出立の準備をしなくては。

こんなつまらない、堅苦しい貴族のパーティーからは、さっさと帰ろう。

そうして翌日には辺境の地、トーリ行きの馬車に乗りこんだ。

そして私は、数週間をかけてトーリへとやってきたのだった。

＊

辺境の地、トーリに着いた私は、ドキドキと弾む胸を抑えて第一騎士団の寮へまっすぐ向かった。

騎士団の寮は思っていた以上に大きくて立派な建物だった。

建物の周りがとても高い塀で囲われているのが、この地が危険な場所であることを物語っているように感じたけれど、それ以外はまるでお城のよう。

「今日からこちらでお世話になります。シベル・ヴィアスです」

そこで最初に出迎えてくれたのは、茶色の髪を後ろで綺麗《きれい》にまとめている、私より少し年上と思われる細身ですらっとした綺麗な女性。

「私はエルガ。あなたの話は聞いているわ。どうぞ入って」

「はい！」

その女性の案内で、私は中へと通された。


「――ここがあなたの部屋よ」

「まぁ！　こんなに立派なお部屋を私が？　よろしいのですか？」

「え？　……そんなに立派かしら。あなた、伯爵家の生まれでしょう？」

そう言って私に窺《うかが》うような視線を向けてくるエルガさん。

「はい、一応」

「一応？　だったらあなたの家の部屋のほうが広かったでしょう？」

それは、まぁそうですけど……。

確かに私が使っていた部屋は広かった。父が生きていた頃までは。

父が亡くなってからは、なぜか私の部屋を継母に取られてしまった。

継母の部屋はちゃんと別にあるのに。

それからは使用人用の狭い部屋を使っていた私。

掃除をするには狭いほうが楽だし、特に問題はなかったので構わないのだけど。

「まぁ、いいわ。着いて早々悪いのだけど、荷物を置いたら一緒に来て欲しいの」

「わかりました！」

「……随分《ずいぶん》元気なのね」

続けられたエルガさんの言葉に張り切って返事をしたら、エルガさんは不思議そうに眉根を寄せて、再び窺うような視線を私に向けた。

「とても楽しみにしていましたので！」

「楽しみに？　なにを？」

「それはもちろん――」

騎士団の寮で働くことをです！　と答えたら、また「どうして？」と聞かれるだろうか。

普通、貴族の娘はこういうところで働くのを嫌がる。

私もそれはわかっている。

正直に「実は騎士様が好きでして～」なんて言ったら、引かれるだろうか。

「それは……」

だから言葉に詰まっていると、エルガさんは表情をほんの少し和《やわ》らげて口を開いた。

「やる気があるのはいいことだわ。知っているだろうけど、ここはとても危険なところだから、働き手が少ないの。それに、仕事も結構きついわよ。あなたのような……高位貴族のご令嬢には務まらないかもしれないけど――」

「お掃除、お洗濯、お料理……！　なんでもお申しつけください！　一応、一通りはできますので！」

「え？」

せっかく憧《あこが》れの騎士団の寮で働けるのだ。

私はなんでもする覚悟で来たし、できないことは教えてもらって、これからできるようになりたいとも思っている。

だからやっぱり、張り切って答えてしまう私。

「……そう、あなたも大変だったのね。わかったわ。でも今日は長旅で疲れているでしょうから、挨拶《あいさつ》と案内が済んだら休んでもらって構わないから。……それにしても、荷物が少ないのね」

意味深にそう頷《うなず》いて、今度は私が持っている、膝の高さほどのトランクケースに視線を落とすエルガさん。

「あっ……、すぐ荷物を置いてきますね！」

恥ずかしながら、私には大切なものがこのトランク一つに収まる量しかなかった。

父が買ってくれたドレスや装飾品は「あなたには似合わないわ」と言われて継母やアニカの手に渡ってしまったし。

でも大丈夫。私はこれから騎士団《こ》の寮《こ》でたくさんの思い出を作るのだから！

こういう危険な辺境の地に来るような人は、みんなきっとなにか事情があるのだろう。

だからエルガさんはそれ以上私になにか聞いてくることはなかった。

伯爵令嬢でありながら荷物がこれだけというのは少し恥ずかしいけれど、部屋の奥にさっさと荷物を置いて、私は部屋を出るエルガさんの背中に続いた。


「――失礼します」

「どうぞ」

エルガさんについてやってきたのは、この建物の中でも一際立派な扉の前。

ノックをすると、中から男性の声が聞こえた。

なんだか、低くて甘さのある、いい声だ。

「団長、シベルご令嬢をお連れしました」

「ああ、ありがとう」

だんちょう？

エルガさんの落ち着きのある声が発したその言葉に、私の身体がぴくりと反応する。

「初めまして。長旅で大変だっただろう。どうぞかけてくれ」

扉を開けて中へ入ると、大きな執務机の前に座っていた男性が立ち上がり、こちらへ歩み寄ってきた。

黒々とした髪に、爽《さわ》やかな笑顔。晴れた日の青空みたいな色の瞳を私に向けて、対《つい》になったソファの一つに座るよう、手で示してくれる。

……だ・ん・ちょ・う・さ・ま……!!

見上げるほどに背が高い。私より頭一つと半分以上大きい。

そして、白を基調とした騎士服の上からでもわかる鍛えられた肉体!!

腰には剣を帯びていて、足が長くて、がっしりしていて……格好いい!!

これが本物の騎士様……!!

こんなに近くでじっくり見たのは初めてだわ……!

倒れちゃ駄目よ、シベル!!

「初めまして。シベル・ヴィアスと申します。本日からお世話になります。不束者ですが、どうぞよろしくお願いいたします！」

憧れの騎士団……しかも、いきなり団長様とお会いできるなんて……!!

ああ……もう、私はこれでいつ死んだって構わない。

……やっぱり死ぬのはまだ早いわね。だってこれからもっと楽しいことが待っているのだから。

つい興奮してしまったけれど、私はこれでも伯爵令嬢。王子の元婚約者。妃教育も受けた身。

本性はどうであれ、一応淑女らしい挨拶もできるのだ。

「……はは、君は面白いな」

「え？」

けれど、興奮のあまりなにか変なことを言ってしまっただろうか？

団長様は整ったそのお顔をほころばせて笑った。

「俺のことは気軽にレオと呼んでくれ」

「……レオ様？」

とりあえずエルガさんと並んでソファに座ると、団長様も向かい側に腰を下ろしてくつろぐ姿勢を取った。

「そんな敬称はいらないよ」

「ですが……」

「俺は堅苦しいのは嫌いなんだ。ここがどういう場所であるかは君もわかっていると思うが、俺にしてみればついてきてくれた第一騎士団の部下たちも、世話をしてくれる寮母たちもみんな仲間だ。家族のようなものだ。だから堅苦しいのは、なしだ」

「……わかりました、レオさん」

しぶしぶ頷くと、レオさんは満足そうに微笑んでくれた。

とても優しい笑顔。誰かにこんな笑顔を向けられたのは、いつぶりかしら……？

しかも相手は本物の騎士様。それも騎士団長様……。

神様ありがとうございます。

レオさんは仲間や部下を大切にされる方なのね。

従者を顎《あご》で使っていたマルクス様とは大違いね。

ああ……私の中でまた騎士様の好感度が上がっていくわ……!!

「後ほどみんなにも紹介しよう」

「では、夕食のときに」

「そうだね、それがいい」

エルガさんの言葉に頷いたレオさんのお顔（と、肉体《からだ》）をちらちらと観察させていただきながら、私も静かに頷いた。


レオさんとの挨拶が終わると、今度はエルガさんに建物の中を一通り案内してもらった。

騎士の方たちが休まれる寮、食堂、調理場、トレーニングルーム、広間、大広間、シャワールームに浴室――。

ここで騎士様たちが生活をしているのね。そう思うと、とても興奮する……ではなく、やる気が出る。

慣れるまでは迷ってしまうかもしれないと思うほど、建物内は広い。

「――それじゃあ夕食ができたら呼びに来るから、それまで部屋で少し休んで」

案内が終わると、エルガさんは時計を気にしてから私にそう言った。

でも、人手不足と聞いているし、私にもできることがあるなら早速なにかしたい。

「私にお手伝いできることがあれば、やらせてください！」

「……でも、着いたばかりで疲れているでしょう？」

「いいえ。移動は馬車でしたから。馬車ではずっと座っていました！」

「だから、ずっと座っているのが疲れたでしょう？」

「なぜです？　座っている間は休んでいられるのですから、私はまったく疲れていません！」

「……」

それより、今の私はやる気に満ち溢《あふ》れているのだ。

夕食のときに騎士様たちにも紹介してくれると言っていたし、楽しみすぎてじっとしていられそうにない。

「……わかったわ。それじゃあ、夕食作りを手伝ってもらえる？」

「喜んで！」

「……あなた、変わったご令嬢ね」

「そうですか？」

調理場に向かうエルガさんに、私はうきうき気分で足取り軽くついていくのだった。

◆こんな女性が来るとは聞いてない

今日、あのシベル・ヴィアス伯爵令嬢が、この地に来た。

彼女を団員たちに紹介し、みんなで夕食を食べた。

いつもは寮母たちとは食事をともにしないのだが。

長距離を移動してきて疲れているだろう彼女には、今日は仕事をさせずゆっくり休んでもらう予定だった。

しかし、エルガから聞いた話によると、どうやら彼女は自らなにか手伝うと言い出したらしい。

挨拶をしたときから、報告書に書かれていた内容の女性とは随分印象が違った。

彼女はマルクス・グランディオ王子の元婚約者で、偽の聖女だと聞いている。

約百年に一度誕生する稀少な聖女であるとされていたが、義理の妹が真の聖女であることがわかると、その妹をいじめ始めたらしい。

そのため、王子マルクスはシベル嬢との婚約を破棄し、この地へ追放したのだ。

なんともおかしな話だと思ったが、この〝トーリ〟の地が魔物たちの脅威にさらされ、とても危険であるため、働き手が少ないのも事実だった。

ここで働く騎士以外の者は、みんななにかしら事情を抱えている。

エルガもそうだ。彼女の家には多額の借金があり、両親に売られるも同然でここに来て、働いてくれるようになった。

他の者も、借金があったり、金に困っていたりするために、この地へ来た者がほとんどだ。

俺は団長として、そんな彼女たちに少しでも安心して生活して欲しいと思っている。

だから第一騎士団の者は、貴族生まれのエリート集団でありながら、できる限り自分たちの面倒は自分たちで見るようにしている。

そうしてともに生活しているうちに、彼女たちもここでの暮らしを受け入れてくれるようになっていった。

それでもまだ人が足りていなかったのだが、今度の新入りはまさか王子マルクスの元婚約者だとは。

たとえ性悪女であっても、ここで働いてもらう以上俺たちの仲間として受け入れようと覚悟して彼女と対面したが、シベル嬢はとても元気で明るい女性だった。

立場上、様々な人間を見てきた俺だが、彼女には裏があるようにも見えなかった。

〝不束者ですがよろしくお願いします〟

なんて言ったのは彼女が初めてで、思わず笑ってしまった。

嫁入りのつもりか？　まさかここに一生身を置く覚悟でもあるというのだろうか。

まぁ、そんなはずはないだろうが。

ほとんどの者は、初日は怯《おび》えていたり、馬車での長旅ですっかり疲れ切っていたりするのだ。

それなのに、彼女のエメラルドグリーンの瞳は期待に満ち溢れて、キラキラと輝いていた。

美しいプラチナブロンドの髪は長く、まるで彼女の性格を表すかのようにまっすぐであった。

しかし、彼女が着ていた服は気になった。

とても高位貴族の令嬢が着るようなものではなかったのだ。

地味で、少し古いワンピース。

義妹をいじめた罰で、高価なものはすべて没収されたのだろうか。

……それにしては、やはり元気なのだが。

まったく落ち込んだ様子が見られなかったのは、本当に不思議だった。

「どうした、レオ。そんな怖い顔をして」

「ん……いや」

一日の終わりに、俺は副団長のミルコとともに執務室で日報をまとめていた。

ミルコとは同い年で、騎士としても、ともに切磋琢磨《せっさたくま》しながら剣の腕を磨き合ってきた仲だ。

騎士らしく鍛えられた身体は俺よりも大きく、第一騎士団の中でも一、二を争うほどたくましい身体をしている。

それでいてやわらかみのある薄茶色の髪と瞳がなんとも甘く、彼は女性からとても人気がある。

そんな友人が、考えごとをしていたために厳しい表情で腕組みをしていた俺に声をかけてきた。

「君はどう思う？」

「なにをだ？」

「彼女……シベル・ヴィアス嬢のことだよ」

「ああ……マルクス殿下の元婚約者殿」

ここに来る者の詳しい事情を知っているのは、俺とミルコだけだ。

なにかしら事情があってここに来るということはみんなわかっているが、詳しいことは伝えたりしない。

「聞いていた話とは随分違うと思わないか」

「確かに……どんな陰険なお嬢様が来るのかと思っていたが、思ったより普通の娘だった」

「そう、まるで高位貴族らしくなかった」

いや、それは悪い意味ではない。

彼女の明るさに、この地で働く者を癒やすなにかを感じたのだ。

「気が触れてしまったとか」

「まさか……。それに、今日の夕食作りは彼女も手伝ったと聞いたが、いつもより美味《うま》くなかったか？」

「ああ……確かに。言われてみればそうだな」

「だろう？　彼女は今日来たばかりなのだぞ？　なぜ伯爵令嬢が突然来て料理ができる」

「……今の妃教育ではそういうことも習うとか」

「そんな話は聞いたことがない」

俺もミルコも王都を離れて長い。

この地に来る前は、外国を飛び回ったりもしていた。

それにしても、そんなに急にこの国の常識が変わってしまうこともないだろう。

「まぁ、いいじゃないか。あの明るさも、料理の腕も悪くなかった」

「もちろん、それはそうだ」

「明日からは正式に働いてもらうんだ。本性はすぐに現れる」

「……それもそうだな」

性格が悪いのは構わない。

いや、他の寮母たちに迷惑がかかるのなら俺も黙ってはいないが、それはエルガが報告してくれるだろう。

俺が心配しているのは、そちらではない。

むしろ、俺に届いた報せ《しら》のほうが間違っていた場合――。

どこまでが誤《あやま》った情報なのだろうか。

誤っていたのが彼女の性格だけならいいのだが……。もしも〝偽聖女〟であるという話が誤りだったら――。

いや、そんな間違いが起きるとはできれば考えたくないが、念のためそれも頭に置いて、もう少し彼女の様子を見てみることにしようと思う。

◆皆さん事情があるようです

昨日はあの後、エルガさんについて調理場へ行き、他の寮母の方たちも紹介してもらった。

皆さんとても忙しそうで、私が手伝いに来たと聞いて驚きつつも、とても感謝してくれた。

それにしても、こんな辺境の地であるのに食材はとても充実していた。

国を守る重要な役割を果たしている第一騎士団の方たちには、惜しみなく精のつく食材が送り届けられているらしい。

近くの街から、毎日新鮮な肉や魚にたまご、野菜に果物。小麦粉、チーズやソーセージのような加工食品まで届けられるそうだ。

その運搬の際に護衛として付くのも騎士団の仕事の一つであるらしいのだけど。

ともかく、そういうわけで昨日は私もそのおこぼれで、とても贅沢《ぜいたく》な食事をさせてもらえた。

今までは伯爵家の残りものを食べるだけだったから、スープに入れるお肉はなかったし、パンは固くなっていたし、野菜は切れ端ばかりだった。

それに、第一騎士団の皆様はとてもあたたかく私を迎え入れてくれた。

大好きな騎士様が目の前にたくさんいて、私は興奮のあまり倒れてしまいそうだった。

ああ……私はなんて幸せなの？　神様、これはなんのご褒美《ほうび》ですか？

これからもいい子にしていますから、どうかこのまま……このままでいさせてください……！

そんなことを心の中で願いながら、キラキラと輝いて見える騎士様たちを存分に観察させてもらい、美味《おい》しい食事をとり、至福のときを過ごした。

それに、レオさんが「仲間は家族」と言っていたのがわかる気がした。

騎士様たちは命がけで働いているし、寮母の皆さんも危険と隣り合わせで働いているというのに……。

ここの雰囲気は、本当にあたたかいのだ。

ああ、なんて尊いのかしら。

私もこの場所で、立派にやっていこう。

あたたかいお風呂にしっかりと入ってから寝支度を整え、ふかふかのベッドに身を入れて、私はそう決意を新たにした。

＊

「おはようございます！」

「……おはよう。随分早いのね」

翌日。日の出前に目が覚めた私は、エルガさんが用意してくれていた寮母の制服に着替えて、早速食堂へ向かった。

制服は動きやすいワンピースだけど、私が着ていた服よりも機能性がよく、いい布地でできている。

ありがたい。

だけど、言われていた時間より少し早く来てしまったから、もしかして迷惑だった……？

そんなことを一瞬考えてしまったけれど、エルガさんはやわらかい表情で迎えてくれた。

「本当にやる気に満ち溢れているのね」

「はい！　なにからしましょうか？　なんでも言ってください！」

「あなたのような貴族のご令嬢は初めてだわ」

クスッと小さく微笑んだエルガさんは、昨日よりも可愛らしく見える。

いえ、昨日もとても綺麗な方だと思ったけど、言葉の通り、今日は可愛らしい人だなという印象を受けるのだ。昨日は私のことをどんな人間か警戒していたのだろうか。

「それじゃあ遠慮なくお願いさせてもらうけど、わからないことがあったらすぐに聞いてね」

「はい！」

もし私に姉がいたら、こんな感じだったのかもしれない。

勝手にそんなことを思いながら、朝食作りに取りかかった。

「――おお、とても美味そうだ」

予定の時間通りに、騎士様たちは食堂にやってきた。

もちろん、レオさんも。

持ち場を離れられない方もいるから、全員が揃《そろ》っているわけではないけれど。

それでも三十人以上はいる。

パンはほぼ毎食出しているから大量に焼いて、大きなオムレツもたくさん作った。

それから野菜のスープと、ソーセージが今朝のメニュー。

あとりんごが一切れ、デザートでついた。

「このオムレツ、今朝は誰が作ったんだ？　とても美味いぞ！」

「本当だ！　ふわふわだし味もいい！　それに、見た目も綺麗だ」

……ふっふっふっ。

〝ありがとうございます。オムレツを担当したのは、私です！〟

そんな言葉が聞こえてきたから、声を大にしてそう言いたい。けれど、私は淑女。

こういうときは静かに微笑むのが嗜《たしな》みというもの。

さすがにこんなにたくさんのオムレツは作ったことがなかったから少し大変だったけど、騎士様たちが食べるのだと思ったら、一個一個作るのに気合いが入った。

「オムレツはシベルが作ってくれましたよ。それからスープの味付けも、仕上げをしてくれました」

美味しそうに食べてくれている騎士様たちに、エルガさんが説明した。

「そうなのか！　確かにスープもいつもと少しだけ味が違う！」

「美味いぞ!!　一体なにを入れたんだ!?」

皆さんが口々に料理を褒めてくれる。

〝愛情です〟

なんて答えたら、やはりみんな引くだろうか。

だからやっぱり私は、淑女らしく小さく微笑んでおくことにする。

「お口に合ったようで、よかったです」

「これから毎日楽しみだな！」

「ああ、それになんだかとても力が湧いてくるようだ！　今日も張り切って働くぞ!!」

まぁ、嬉しい。

少し大袈裟《おおげさ》な気もするけれど、騎士様たちが喜んでくれるなら、私はそれだけで満足。

「ありがとう、シベル。これからもあなたには食事作りをメインに担当してもらおうかしら」

「はい、喜んで！」

騎士様たちの反応を見て、エルガさんも嬉しそうにそう言ってくれた。

朝食の後片付けを終えたら、次は洗濯だ。

洗濯担当の寮母の方が洗ってくれた洗濯物を、私はエルガさんと一緒に干すことになった。

当然だけど、洗濯物もすごい量だわ！

気合いを入れてやらないと、大変ね。

よし、やるわよ!!

「……これも手慣れているのね」

「はい。でもこんなにたくさんは初めてなので、さすがに時間がかかっちゃいそうですね」

言いながら手を動かして、どんどん洗濯物を干していく。

食事の準備もだけど、こんなにたくさんの量を数人の寮母だけでこなしていくのは本当に大変だっただろうなと思う。

先輩方はすごいわ。

私も早く、一人前の寮母として皆さんのお役に立てるよう頑張らないと！

「……十分速いと思うけど」

「そうですか？」

「ええ、これもあなたの担当にしてもいい？」

「はい！　もちろんです！」

エルガさんは優しい先輩だ。

きっと、新人は褒めて伸ばそうとしてくれる方なのね。

ふふ、ありがとうございます！

期待に応《こた》えられるよう、私は頑張りますよ‼

でも、高いところにある竿にタオルを干そうとした私は、その高さに背伸びをして、勢いを付けてかけなければならなかった。

エルガさんは私より頭半分ほど背が高い。

だからあまり苦になっていないようだけど……身長の低い私には一苦労。

私も、もう少し背が高く成長したかったわ。

今からでも間に合うかしら？

とか考えながら、足手まといにならないよう、精一杯背伸びをして高い位置の竿にも洗濯物を干していく。

籠《かご》から取った布をバシッと広げ、さっと干す。

何事も素早くこなすよう意識しているのは、私は妃教育で自分の時間があまり持てなかったから。

家に帰れば自分の食事の用意と、洗濯、それから定期的に部屋の掃除もしなきゃならなかった。

その他にも格好いい騎士様が出てくるロマンス小説も読みたかったし、王宮では隙を見て騎士団の訓練をこっそり覗《のぞ》いたりもしていた。

エルガさんに「速い」と言ってもらえたのは、そのおかげかしら？

そう考えつつひたすら洗濯物を干していたけれど、自分の手元を見てふと思った。

……もしかして先ほどから干している同じデザインのこのシャツって……。

騎士様たちが騎士服の中に着ている制服では…………？

ああ——。

「えっ、シベル？　どうしたの、大丈夫!?」

「ごめんなさい、ちょっと目眩《めまい》が」

顔に熱が集まって、くらっとよろめいた私に、エルガさんがすかさず手を伸ばしてくれた。

倒れたりはしなかったけど。

「やっぱり疲れているのよ。今日はもういいから、部屋で休んで？」

「いいえ、それとは関係ありません」

「え？」

「……なんでもないです」

明らかに女性用のサイズではない。というか、ここは騎士団の寮。

騎士様って、こんなに身体が大きいのね……!!

わかってはいたけれど、実際にその服を手にすると、実感が湧く。

肩幅も、腕の長さも、胸板の厚さも、当然だけど私とは全然違うことがこのシャツからよくわかる。

「いきなり張り切りすぎたのよ。あなたが一人増えただけでも私たちは楽になったのだから、焦《あせ》らないでいいのよ」

「はい、ありがとうございます。でも本当に大丈夫です。すみません……」

「？」

騎士様が素肌に直接着ているだろうシャツを見て興奮してしまいました。なんて言えない。変な子だと思われて、ここから追い出されてしまうかもしれない。

そんなの嫌。

せっかく見つけた私の楽園が……！

ぶんぶんと頭を横に振って、私は邪念を振り払った。

駄目よ、シベル。これは仕事なの。ご褒美じゃないの。真面目にやりなさい！

自分にそう言い聞かせて、再び手を動かす。

大丈夫。これでも私は王子の元婚約者。聖女とされていた女。

欲望に負けたりなんて、しないんだから！

＊

「シベル、本当に部屋で休まなくて大丈夫？」

「はい、私はとっても元気です」

洗濯物を干し終わって近くのベンチで少し休憩していたら、エルガさんが私の体調を気にかけて声をかけてくれた。

「そう。それならいいけど、無理はしないでね」

「はい！　ありがとうございます」

私はむしろ、元気をもらえたくらいだ。

エルガさんは王都からトーリにやってきてすぐに働き始めた私の体調を心配してくれたけど、本当に大丈夫。

倒れそうになった理由は恥ずかしくて言えないけど……。


休憩したら、今度は昼食作りに取りかかる。

けれど昼食作りは、朝と夜よりも楽だった。

というのも、昼間はほとんどの騎士様たちが仕事で外に出ているから。

いるのは非番の方と、この建物の警備の方くらい。

あと、団長であるレオさんと副団長のミルコさんは、基本的にはここにいることが多いらしい。

魔物が現れたら、率先して動くみたいだけど。

だから朝や夜のようにものすごい量の食事を作らなくていいのだ。

今日の昼食は、サンドイッチだった。

新鮮なレタスとトマトは、とってもみずみずしい。

それに塩味の利いたハムやチーズ、たまごを挟んだ。

簡単に食べられて美味しいなんて、これを考えた人は天才よね！


「うん！　とても美味い！」

「俺、こんな美味しいサンドイッチは初めて食べたよ！」

「もう、皆さん大袈裟ですよ」

サンドイッチを口にするなり、騎士様たちがまた褒めてくれる。普通のサンドイッチなのに、新人である私にやる気を与えるために、少し大袈裟なくらい褒めてくれているのかしら？

「シベルちゃんは料理上手なんだな、レタスがしゃっきしゃきだ！」

レオさんのグラスにミルクを注いでいたら、彼まで子供みたいな無邪気な笑顔で私に向かってそう言ってきた。

「ふふ、ありがとうございます。でも、レタスは洗ってちぎっただけですよ」

「そうか、ではちぎり方が上手《うま》いのだな！」

「うふふふ」

レオさんったら。

それは冗談で言っているのかしら？

そう思ってとりあえず微笑んでみたら、他の騎士様たちも「そうそう、いつもよりしゃきしゃきしているんだよな！」などと言い始めた。

……今日のレタスは本当にいつものより新鮮だったのかしら？


騎士様たちの食事が終わると、私もエルガさんと一緒にサンドイッチとミルクをいただいた。

「ここの方たちは皆さんとても優しいですよね」

「そう？」

「はい。レオさんたち騎士様も、他の寮母さんたちも」

まだレオさん以外の騎士様とはあまりお話ができていないけど、昨日の夕食と今日の昼食時にお話しした方はみんな優しかった。

「皆さんとても明るく私を受け入れてくれましたし、料理も喜んでくれました！」

嫌味を言う人は、一人もいなかった。

よく考えれば、それだけでも今までの環境よりよほどいい。

なりたくなかった王太子妃にならなくて済んだ。私のことが好きではなかっただろう継母や義妹とも離れられた。

大好きで憧れだった騎士様たちのお世話をする仕事に就《つ》けて、しかも感謝してもらえた。それに先輩たちもとても優しく指導してくれる。

本当にありがたいわ。

「……ここにいる人はみんなそれぞれ、特別な事情があるのよ」

「え？」

そんな感傷に浸っていた私に、エルガさんが静かに言った。

「私もそう。私は実の両親が作った借金を返すために、売られるも同然でここに来たの」

「実のご両親に……？」

「そうよ」

エルガさんには、そんなことが……。

「けれど、私はあの頃の生活よりも、今のほうがずっと好き。お金はほぼすべて実家に送金されているけど、あなたが言うようにここの人たちはみんな素敵な方だから」

「……そうですね」

そうか。そうよね。やっぱり、辛かったのは私だけじゃないのよね。みんな苦労していたのだ。私も頑張らなければ。

けれど、みんなここに来て、それなりに幸せになれているのかもしれない。

確かに大変なこともあるのかもしれないけど、みんなの顔を見ていたらなんとなくわかる。

この環境を嫌っている人はいないと思う。

そしてそれはきっと、団長であるレオさんが配慮してくれているからというのが大きいような気がする。

「レオさんはとっても気さくで話しやすい団長さんですよね！　それでいてどこか品も感じるので、きっと育ちがいいのでしょうね」

「……そうね」

レオさんの顔が浮かんだから、何気なくそう言ってみた。けれど、エルガさんは切なげに目を細めた。

……？

どうしたのかしら。

もしかして私、失礼なことを言ってしまった？

「あの、エルガさんもとても優しくて、話しやすいです！　それに、とても綺麗ですし――」

慌ててそう口にする私に、エルガさんはくすっと笑った。

「ありがとう、シベル」

その表情を見て、決して気を悪くしたわけではないのだということを感じてほっとする。

「……私も、早く皆さんに馴染《なじ》めるようもっと頑張りますね！」

「だから、あまり無理をしては駄目よ？」

「はい！」

膝の上で手のひらをぎゅっと握り姿勢を正してそう言った私に、エルガさんは可愛らしい笑顔で微笑んでくれた。

「でもなんだか私も、あなたが来てから元気をもらえている気がするわ」

「本当ですか？」

「ええ、シベルの作るご飯が美味しいからかしらね」

騎士様たちだけではなく、エルガさんまでそう言ってくれるなんて……。

でももし本当にそうだったなら、私も嬉しい。

＊

この地に来て、一週間が経《た》った。

寮母の仕事は、基本的にはそれぞれの得意分野で担当分けされている。

その日によって終わらなさそうなことはみんなで協力したりもするし、騎士様たちも自分の部屋の掃除や下着などの洗濯は自分で行ってくれている。

みんなで協力してなにかをするのはとても楽しいし、やりがいを感じる。

私の担当は、毎食の料理と洗濯物を干すこと。料理の担当はエルガさんも一緒だし、朝と夜は量が多いから他の先輩もいる。

けれど洗濯物を干すのは私一人の仕事だ。

洗濯物担当の方が洗ってくれたものを私は干すだけだから、一人でも全然大丈夫。

むしろ洗濯というのは洗うのが大変な作業なのに、手伝わなくていいのだろうかと思ってしまうくらいなのだけど、これは得意分野で分けた担当だから、いいらしい。


「シベルちゃん」

「レオさん」

その日も中庭で大量の洗濯物を干していたら、レオさんに声をかけられた。

隣には副団長のミルコさんもいる。

レオさんもミルコさんも二十五歳という若さで、団長と副団長職を担《にな》っている優秀な方。

それも第一騎士団はエリートばかりの部隊だから、本当にすごい人なんだと思う。

「お疲れ様。すごい量だね」

洗濯物の量を見て、レオさんは苦笑いしながら言った。

「お疲れ様です――」

――というか。

なんですか、突然！　これはなんのサプライズですか⁉

二人とも、私よりかなり背が高い。

それに、ひょろひょろだったマルクス様とは違い、騎士らしくしっかりと鍛えられた身体と、服の上からでもわかるたくましい筋肉……！

レオさんはそこまでガチムチということもなくて、完璧に均整が取れている。まさに理想的！

ミルコさんは第一騎士団の中で一番か二番目にムキムキで、とてもたくましい。

そしてお二人とも、見目がいい‼

そんなお二人が、突然私の目の前に現れるなんて……！

騎士服がとても似合っている。私にはキラキラと輝いて見える。

「……うっ」

「シベルちゃん？　大丈夫？」

「はい、ちょっと私には刺激が強くて……」

「え？」

「いえ、こっちの話です」

にやけてしまいそうになる口元を手で覆い、ぱっと顔を逸《そ》らした私を、レオさんはすぐに心配してくれた。

駄目よ、シベル。今は仕事中なのだから、しっかりしなくては。

気を取り直し、自分に活を入れて背筋を伸ばし、お二人に向き直る。

「お二人はどうされたのですか？」

「ああ、仕事で少し出ていたのだが、戻ったら君が一生懸命洗濯物を干しているのが見えたから」

「まぁ」

私を見つけてわざわざ来てくれたということ？

本当に、どんなご褒美ですか。今日の報酬ですね。ありがとうございます。

「少し手伝おうか」

「えっ」

レオさんの言葉に胸の奥をきゅんきゅんさせていたら、そんな私に構わず、洗濯物に手を伸ばすレオさん。

「大丈夫ですよ、お疲れでしょうから、中で休んでください！」

「いや、疲れてないから大丈夫だ」

「ですが……」

意外と手際よく洗濯物を干していくレオさんに、ミルコさんまで続いた。

ああ……でも、お二人とも背が高いから、私が干すのに一苦労する一番上の竿にも、簡単にタオルをかけていってしまう。

たったそれだけのことなのに、彼らがやるとなぜか絵になる。

清潔感のある騎士服をピシッと着こなして、腰には剣を帯びているのに、洗濯物を干してくれているのよ？

しかも、騎士団長と副団長のお二人が……!!

なんて私得《わたしとく》なギャップなのかしら！

私の手ではとても大きく感じた衣類やタオルも、騎士様が大きな手で持つと、いつもより小さく見える。

これはずっと見ていられるわ。

ついそう思ってしまったけれど、すぐにはっとして「そうじゃないでしょ！」と自分に突っ込みを入れる。

「ありがとうございます。とても助かりました。でも本当に、もう大丈夫ですよ」

「いや、三人でやってしまったほうが速い。なぁ、ミルコ」

「ああ、気にしなくていいよ」

「……」

うう……お二人ともなんてお優しいのかしら。

こうなったら、負けていられないわね。

お二人よりもたくさん干さなければと余計気合いが入った私は、高い位置に洗濯物を干してくれるお二人に素直に感謝しながら、負けじと手を動かした。

「——ありがとうございました。本当に助かりました！」

「いや、こちらこそ。いつもあんなにたくさんの洗濯物を一人で干してくれているのかと思うと……なんだか申し訳ないな」

「いいえ！　あれくらい全然ですよ！」

騎士様たちが着たシャツや使ったタオルを干せるなんて……私は幸せです。

という言葉は、呑み込んだ。気持ち悪いと思われてしまうことは、自覚している。

まぁ、先輩たちが洗ってくれた、綺麗なものなのだけど。

「そう言ってもらえてよかった。君はなかなか頑張ってくれているようだね」

「まだまだです」

本当に、騎士様たちのほうが大変な仕事をしているのは知っているし、先輩たちに比べたらまだわからないことも多い。

「謙虚《けんきょ》だな、シベルちゃんは」

「いいえ」

だから、レオさんはそう言ってくれたけど、これは本心だ。

「なにか困ったことがあったらいつでも言ってくれ」

「はい！　ありがとうございます」

「うん」

優しくて気配りまでできるレオさんに、心の底から感謝してお礼を言った。

「……うん」

そしたらこの場は解散になるかと思ったけれど、レオさんはまだなにか言いたいことでもあるのか、私に視線を向けたままそこから離れようとしない。

「？」

どうしたのかしら？

「……レオ、行くぞ」

「あ、ああ。そうだな。シベルちゃん、それじゃあ、また」

「はい！」

とうとうミルコさんに促されて足を動かしたレオさんだけど、私になにか用があったのだろうか。

◆深刻な問題なのだ

この一週間、シベルちゃんのことを注意して見ているが、やはり彼女は報告書に書かれていたような女性ではないと思う。

「ミルコ、どう思う？」

「あれは演技には見えないな」

「やはりそうだよな」

この街の領主との面談のため、朝から出ていた俺とミルコは、寮に帰ってすぐに彼女を見つけた。

中庭で、小さな身体で一生懸命背伸びをしながら洗濯物を干していた彼女だが、周りに人はいなかった。

誰も見ていないのに頑張っている演技をする必要はないし、俺たちが声をかけたときの反応も、自然だった。

……いや、なにかおかしな反応をしていたような気もするが、それとは関係ない気がする。

「エルガからも、彼女がとてもよくやってくれているということしか聞かない。性悪だとか、仕事をさぼるなんてこともない、むしろいつも謙虚でただただ一生懸命らしい」

「となると、報告書の内容が偽《いつわ》りという線のほうが濃厚だろうな」

「ああ……」

ミルコの意見に俺も同意して頷く。

俺たちが見ている彼女も、エルガから聞く彼女の様子も、王都から届いた報告書に書かれていた内容の女性とは思えなかった。

報告書の、彼女の義母の供述によると、シベルちゃんの義妹であるアニカが聖女の力を使ったのを見ており、シベルちゃんは嘘つきで、アニカが聖女だとわかると陰でいじめるようになったということだった。

だが、実際にはそのような女性ではないように思う。

では、なぜそのようなことが書かれていたのだろうか。

名前は間違えていなかったし、義理の妹がいるのも事実。

彼女の実の父が五年前に亡くなってからは、義母が親戚筋の者を養子として迎え、伯爵位を継がせたらしいのだが……。

義母とシベルちゃんの関係は、おそらく上手くいっていなかったのだろう。

「……まずいな」

まだ確定ではないが、これはもっと調べてみる必要がありそうだ。

義母がろくな人ではなかったとして。自分の実の娘を聖女にしたかった、王子と結婚させたかったのだとして。

もし、虚偽の申告でシベルちゃんを陥《おとしい》れ、しかもマルクスがろくに調べず彼女を追放したのであれば、大問題だ。

そしてもし、シベルちゃんが本当の聖女だとしたら――。

「このことは秘密裏に調べさせる。マルクス王子の今後にも関わることだ」

「そうだな。もしそうなったら……レオにも無関係ではなくなってくるしな」

「……」

冗談のように言われたミルコの言葉は、笑えるものではなかった。

俺にとっては深刻な問題なのだ。

これまでシベルちゃんは聖女として、将来の王太子妃として、苦労することもあっただろう。

しかし、偽聖女と言われて婚約破棄され、この地へ追いやられた。

義母からどんな扱いをされていたのか、今となっては想像がつく。

俺にはその気持ちが、なんとなくわかるのだ。

もちろんすべてを理解することはできないかもしれないが、その気持ちに寄り添うことが、俺にはできるだろう。

しかし、彼女はいつも明るい。明るくて、一生懸命だ。

本当はこんな辺境の地――それも魔物が猛威を振るう危険な場所に一人で来るのは、怖かったはずだ。

だが彼女は、俺たちの前で暗い顔や疲れた顔を見せたことがない。

一体なにが彼女をあんなに奮《ふる》い立たせているのだろうか――？

あの無垢《むく》な笑顔の裏には、一体どんな思いがあるのだろうかと考えると、俺の胸は締めつけられる。

あの小さな身体で、これまでどんな辛いことに耐えてきたのだろう。

誰か一人でも、彼女に味方はいただろうか。

彼女の力になれるような、元気を与えてやれるような存在はあったのだろうか。

――今だってそうだ。知ってる者が誰もいないこの辺境の地で、むさ苦しい男ばかりの騎士団の寮で、彼女はとても不安だろう……。

それなのに誰よりも働き、いつも明るく笑っている、とても健気《けなげ》な女性だ。

まだここでの生活に慣れていないはずの彼女を、俺はこれからも気にかけてやろう。

なにか辛いことがあったら、せめて力になりたい。

これまで辛い思いをしてきたのなら、その分報われるべきなのだ――。

「そんな顔をして……シベルちゃんのことを考えているのか？」

「ん？　ああ……」

「彼女は案外、本当に楽しくやっているのかもしれないぞ」

「そうだといいのだがな……」

ミルコの言葉に返事をしながら、シベルちゃんの笑顔を思い出して胸が痛んだ。

◆これ、レオさんのカップじゃない？

騎士団の寮で働くようになって、私は毎日とても幸せ！


そんな生活を送って二週間ほどが過ぎたある日の夜――。

もうみんな寝ている時間だけど、喉が渇いた私はそっと部屋を抜け出して、お水を飲もうと食堂へ向かった。

「――レオさん」

「シベルちゃん？」

食堂の明かりがついていて、誰がいるのだろうと覗き込んでみれば、テーブルの前に座っていたのは黒い髪が特徴的な、レオさんだった。

「どうしたんだい？　こんな時間に」

「喉が渇いてしまったので、お水を飲みに」

「そうか、じゃあちょうどいいから、これを」

彼の前に置いてあった水差しから、グラスにお水を注いでくれるレオさん。

ティーポットとカップも置いてあり、爽やかないい匂いがする。一人でハーブティーを飲んでいたのね。

「どうぞ」

「ありがとうございます……！」

そう言って、グラスに注いだお水を置くと、レオさんは隣の椅子を引いた。

ここに座ってもいいということだろうか……？

「失礼します」

「うん」

いいということのようだ。

普段の、騎士服を着た〝騎士団長〟のレオさんも素敵だけど、部屋着姿のレオさんも無防備で、なんとも言えない魅力がある。

布が薄いため、いつもより骨格がよくわかる。筋肉の立体的な盛り上がりが、とてもよくわかるのだ……！

騎士様って、本当にたくましいのね。こんなに近くで部屋着姿のレオさんを拝《おが》めるなんて、本当にトーリ《ここ》に来てよかったわ！

それに、シャツの胸元が少し開いていて鎖骨が見えるし、胸板が厚いのもよくわかる。シャツが白くて薄いから、よく見たらもっと色々わかりそう……。

ああ……そのたくましい胸筋に埋《う》もれたい……!!

……でも、私には少し刺激が強いです。レオさん。

だけどこんなラッキーがあるなんて、喉が渇いてよかった……！

「ここでの暮らしには慣れてきたかい？」

「はい！」

お水をいただいて、ちらちらとレオさんに視線を向けて幸せな気持ちになっていた私に、レオさんは優しく声をかけてくれた。

「なにか困っていることはないか？」

「皆さんとてもよくしてくれますし、楽しく働かせてもらっています」

「……そうか」

私の返答に小さく微笑んで、優しげな眼差《まなざ》しを向けてくるレオさん。

……？

どうしたのだろう。レオさんもお水が飲みたいのかしら。

「レオさんも飲みますか？」

「いや……俺はいいよ。それより、ハーブティーに蜂蜜でも入れて飲もうかな。甘みを足したい気分だ」

「今お持ちしますね」

そう言ったレオさんの言葉に、速《すみ》やかに立ち上がり、棚に置いてある蜂蜜の瓶を持って再びレオさんの隣へ戻る。

「……んっ」

あれれ……？

けれど、蜂蜜を入れて差し上げようと瓶の蓋《ふた》を回そうとするけど、くっついてしまっているのか、固くて開かない。

「く……っ、んんん」

「貸してごらん」

「あ……」

てこずっている私の手から、レオさんはクスッと笑ってひょいと瓶を取った。

そして大きな手を蓋に置いて、くっと力を入れた。

男らしく骨張った長い指に、血管の浮いた手の甲。……ずっと見ていたい。

「開いたよ」

「ありがとうございます……！」

すごい……！

あんなに固かった蓋を、レオさんはいとも簡単に開けてしまった。

きっとマルクス様だったら、「手が痛くなる」とか言って従者に頼むでしょうね。

……なんて、いけないわね。王子と比べてしまうなんて。

気を取り直して小さく咳払いをしてから瓶を受け取ろうとしたら、私の指先がレオさんの手に軽く触れた。

「あ……」

わざとではない。本当に。レオさんのその大きくて指が長くて男らしくて頼もしい綺麗な手に触ってみたかったとか、そういう気持ちはないの、たまたま当たってしまっただけなの！ 本当に!!

だって、国宝級の騎士様に勝手に触るなんてそんなこと、さすがの私でもしないわ。

「失礼しました」

「いや、こちらこそすまない」

けれど、ぱっと目が合ったレオさんは、なぜか頬をほんのりと赤くさせてはにかんだ。

……？

レオさんって、こういう表情もするのね。

それにしても、レオさんの瞳はとても綺麗な青色をしている。

その性格を表わすみたいに、澄んでいる。

髪の毛も、この国では珍しい黒色で、格好いい。

今すぐ絵にして描き残したいくらいだけど、残念ながら私は絵が苦手。

本当に絵心がないのだ。

残念だわ。その代わり、しっかりこの目に焼きつけておきましょう。

でもなんとなく、この綺麗な瞳と格好いい黒髪は、どこかで見たことがあるような気がする。

……夢の中でだったかしら？

今度は私がじっとレオさんを見つめていたら、彼の顔がますます赤くなった気がした。

「……なにか、俺の顔についているか？」

「あ……っ、いいえ、じろじろと見てしまい失礼しました！　えっと、スプーンスプーン……」

ハーブティーに蜂蜜を入れるのだった。

それを思い出してスプーンを取り、蜂蜜をひとすくいしてカップに落とし、くるくるとかき混ぜた。

「シベルちゃん、ありがとう」

「いいえ」

蜂蜜が溶けるには、少し時間がかかった。

それは静かだったけど、心地よい、とてもいい時間だった。

＊

「ごちそうさま、今日も美味しかったよ！」

「シベルちゃん、いつも美味しい食事をありがとう」

「シベルちゃんの作る料理は本当に美味しいし、食べるとなんだかやる気が出るんだよね。どうしてだろう」

「うふふ、よかったです。私も皆さんに喜んでいただけてとても嬉しいです」

トーリにやってきて、騎士団の寮で働くようになり、ひと月があっという間に過ぎた。

この五年で料理の腕が上がったのか、騎士様たちは私が作る食事を喜んで食べてくれる。

その食べっぷりがまた本当に男らしくて、見ているだけで私はとても楽しい。

好き嫌いが多く、食の細いマルクス様との食事はいつも静かで、お上品で、退屈だった。

王族や高位貴族の方たちは、一流シェフが作った高級料理を平気で残す。

そもそも美味しい部位しか出されていないのに、だ。

マルクス様との食事の際に出される料理はどれもとても美味しかったから、私には残す気持ちがまったく理解できなかったけれど、ここの方たちはいつも残さずぺろっと食べてくれる。

だから私も作りがいがあるし、見ていて気持ちがいい。

まぁ、王族や高位貴族は食事を残すのが普通なのだろうけれど、私はそれが好きではない。

ここでは騎士様たちが、爽やかな笑顔を向けて「ありがとう」と言ってくれて、男らしい声で「シベルちゃん」なんて呼んでくれるので、私はとても幸せ。

ここに来てよかったと、心から思える。

マルクス様と義妹のアニカは、男ばかりの騎士団に若い私が放り込まれたら酷い目に遭《あ》うとでも思っていたのだろうけど……第一騎士団の方たちはみんなとても紳士的。

それでいて気さくで、私に優しくしてくださるのだから、言うことなし！

先輩寮母の方たちも、この危険な辺境の地にやってきた私を歓迎して仲良くしてくれているし、魔物が襲ってくるような危険なことは、今のところなに一つ起きていない。

騎士様たちが守ってくれているからだと思う。

「シベルちゃん、食器を下げるのは俺たちがやるから！」

「まぁ、すごい！」

騎士様たちの夕食が終わったので、私は片付けに取りかかっていた。

騎士様はみんな力持ち。大きな食器を何枚も重ねて、軽々と運んでしまう。私だったら一苦労だ。

ああ……まくり上げた袖から覗くたくましい腕の筋が本当に美しいわ。

腕まくりありがとうございます……‼

「ありがとうございます……」

「ん？　なにか言った？　シベルちゃん」

「あっ、その……、本当に助かります！」

心の声が漏れていた私は、憧れの筋肉を拝ませてもらいながら、今日も幸せな気持ちで仕事をこなした。

＊

「――さぁ、私もいただきましょう！」

本物の騎士様たちを近くで見ることができる幸せの次に私が楽しみにしているのは、ここでの食事だ。

騎士様たちの食事が終わり、片付けを済ませたら、私たち寮母は順番に食事をいただいている。

一緒に食べることもあるけど、今夜は少し忙しかったから、順番に休憩に入ることになっていた。

今日の夜ご飯は、兎のお肉を赤ワインでじっくり煮込んでとろとろになったシチューと、外はふわっふわ、中はもっちもちの丸いパン。

「あ～、いい香り」

パンをちぎった途端、小麦粉のいい匂いがふわりと香って私の食欲を刺激する。

それをシチューに付けて食べるのが最高に美味しい！

もちろん野菜も充実している。

新鮮だからサラダで食べられる。お塩とオリーブオイル、それからチーズを散らしたサラダはしゃっきしゃきでたまらない！

「ん～、美味しい！」

美味しくて、ほっぺが落ちてしまいそう。

あまりの幸福感でにやける頰に手を当てて、もぐもぐとこの幸せを嚙みしめる。

今の暮らしは、私にとって本当にありがたいものだ。

こんなに幸せでいいのかしら……!!

父が亡くなってからの五年間は、まるで私は存在していないかのようにあの家で使用人たちから無視されて、妃教育と家事をするだけの日々だった。

唯一の楽しみは寝る前に少しだけ読む、騎士様が登場するロマンス小説と、王宮で騎士様とすれ違えるかもしれないという期待だけ。だから今はまるで天国。

「騎士様たちは格好よくて優しい人ばかりだし、ご飯はとっても美味しいし……ああ、幸せ！」

「なにがそんなに幸せなんだい？」

「……っレオさん！」

誰もいないことに油断して、思わず心の声が漏れてしまった。

「幸せ！」と語尾を強めに発していた私の背中から声をかけてきたのは、レオさんだった。

驚いて振り返ると、私の反応にレオさんも少し驚いたようにはにかんでいた。

黒々とした前髪の下、青空のような碧眼が、整ったお顔の中で私を見つめている。

よかった、どうやら最初のほうは聞かれていないみたいね……！

「大きな声を出して失礼しました。レオさん、どうかされましたか？」

「ああ、なにか飲もうと思って」

レオさんはもう食事を終えているはずだ。

それなのに、食堂で一人、食事をしていた私のところにやってきた彼に、どうしたのかと尋《たず》ねてみるとその返答。

「今ご用意しますね」

「いや、君はそのまま食事を続けてくれ」

「でも……」

「いいからいいから」

立ち上がってなにか飲み物を用意しようとした私にそう言って、レオさんは自分でカップにミルクを注いだ。

「隣、いいかな？」

「もちろんです！」

私に一言断ってから隣の椅子を引いて腰を下ろすレオさんは、シャツの袖を肘の辺りまでまくってカップに口を付けた。

「……」

ごく、ごく、と音を立てて、レオさんの喉仏が上下する。

……ああっ、なんて男らしいのかしら……！

一日の終わりに、最高のご褒美をいただいてしまった。

「なんだい？」

「いいえ、ごめんなさい……！」

そんなレオさんを遠慮なく見つめていたら、テーブルにカップを置いた彼と目が合ってしまった。

いけないわ……！　あまりじっと見つめるのは失礼よ、シベル！

自分を戒《いまし》めて、一応貴族令嬢らしく上品に食事を続けることにする。

大丈夫よ。私は淑女、私は淑女……。

「……美味しいかい？」

「はい」

「そりゃあそうか。君が作ってくれたんだ。俺もさっきいただいたが、本当に美味しかったよ」

「それはよかったです」

「それにしても、君は本当に美味しそうに食べるね」

「こんなにやわらかいパンが食べられるなんて、幸せです！」

ちょうど、ちぎったパンをシチューに付けて頬張っていたところに声をかけられてしまった私は、マナー違反であると知りつつも、つい頬をほころばせながら口元を手のひらで覆って返事をした。

はしたなかったかしら？

でも正式な場ではないし、私はもう王子の婚約者でもない、ただの寮母だし、大丈夫よね？

それに、レオさんはそんなことで怒ったりする方ではない。

というか、話しかけてきたのはレオさんのほうだしね。

「……やわらかいパンが食べられて幸せ？　君は不思議なことを言うね」

「え？」

「もっと豪華な料理を、君はいつも食べていただろう？　伯爵令嬢で、王子の婚約者だったのだから」

「……っ」

その言葉に、パンを喉に詰まらせそうになってしまった。

「ゴホッ、ゴホッ」

「大丈夫？　慌てないで、ゆっくり食べて」

「すみません、ありがとうございます……」

噎《む》せてしまった私に、レオさんはすぐにミルクの入ったカップを手渡してくれる。

ありがたくミルクを喉に流してパンをしっかり飲み込んで、ふぅと息を吐く。

……あれ？　これ、レオさんのカップじゃない？

「しかし、シベルちゃんが作った料理を食べると本当に疲れが吹き飛ぶし、なんだかやる気も湧くと、みんなとても喜んでいるよ」

「まぁ、とても嬉しいです。でも私なんて、他の寮母の皆さんに比べたらまだまだですよ」

何事もなかったように話を続けるレオさんに、とりあえず私も普通に言葉を返す。

でもこれ、レオさんがさっき飲んでたカップよね？

「シベルちゃんは本当に謙虚だね」

「いいえ。それに騎士様たちは本当にすごいと思います。第一騎士団の方は特に危険な任務に就いているのに、心に余裕があって、お優しくて。いてくださるだけで私は救われています」

これは私の本心。

この寮に、偉ぶるような方は一人もいない。

王都には、威張っている高位貴族がたくさんいたけれど、ここにはそんな人はいない。領民が働いたお金でいい暮らしをしているくせに、なんの感謝もない貴族がほとんどだった。

けれど第一騎士団の皆さんは、命がけの危険な任務に就いているというのに、誰もそのことで威張ったりしない。

でも私はちゃんとわかっているわ。

騎士様は身体が大きいだけではなく、心も大きいのね。

大好きで憧れだった騎士様たちのお役に立てて、喜んでもらえて、こんなに近くで私の目を見て会話してくれるだけで、私にはこれ以上ないくらいのご褒美だ。
・・・この報酬と美味しい食事さえあれば、私は明日も生きていける。
「はは、そんな……大袈裟だよ、シベルちゃん」

「いいえ！　大袈裟なものですか！」

つい熱くなってレオさんに身体を向けて力強く言ってしまったら、レオさんは一瞬驚いたように目を見開いた後、ぷっと吹き出し、声を上げて笑った。

「ははははは！　シベルちゃんは本当に面白いね、俺も君がいてくれるだけで救われているよ。君と話していると、元気がもらえる」

「まぁ……！」

また、とんでもないご褒美をいただいてしまったわ。

私の言葉を真似しただけでしょうけど、レオさんにそう言ってもらえるなんて。

この言葉はきっと、一生忘れないわ。

……それにしても、本当に楽しい。

マルクス様とも、お茶をしたり、一緒に過ごす時間はあったけど、こんなふうに笑って話した記憶はない。

王族や高位貴族は大きな口を開けて笑ってはいけないらしい。

でも、ここの方たちはとても自由だ。

皆さんそれなりのお家のご子息なのだろうけれど、とても無邪気に笑う。

だから私もとてもあたたかい気持ちになる。

本当に……婚約破棄してくれて、この地に送り出してくれてありがとうございます……。

マルクス様やアニカは、元気にしているかしら。

「シベルちゃんと話をするのは楽しいな」

「まぁ、私も今同じことを思っていました――」

言いながら、カップにミルクを注ぎ足すレオさんの言葉に、嬉しくなって彼に身体を向ける。

「本当？　それは嬉しいな」

「…………！」

けれど、先ほど私がミルクを飲んだカップに再び口を付けてしまったレオさんを見て、私の頭はとうとう沸騰《ふっとう》してしまった。

頭が煮えたぎったように熱くなって、なにも考えられなくなる。顔から火が出そう……！

「シベルちゃん⁉　どうしたの⁉」

「あ…………いえ、その……ちょっと目眩《めまい》が……」

気にしていないのか、気づいていないのか……。

平然としているレオさんに、私がこうなってしまった理由は答えられないけど……とりあえず、「ごちそうさまです」と心の中で呟《つぶや》いておく。

やっぱりそれ、レオさんのカップですよね。

◆そうでなくては困るのだ

ああ……なんということだ。

「こんな生活、もう嫌!!」

「大きな声を出してはなりません!」

「もう限界よ!! こんなの辛すぎるわ!!」

真の聖女として新しく僕と婚約したのは、シベルの義妹、アニカ・ヴィアス。

早速始まったアニカの妃教育の様子を窺いに部屋を訪ねてみたら、すぐに彼女の喚《わめ》き声と教師の怒号が耳に飛び込んできて、僕は頭を抱えた。

「あっ! マルクス様! 助けてください!!」

「えっ?」

「殿下からも言ってくださいませんか! アニカ様は何度教えても同じところで間違えるのです! 集中力もやる気もまったくございません!」

「あなたが厳しすぎるのよ!」

「まぁ! またそんなことをおっしゃって……!」

困った。本当に困った。

女性二人から同時に別のことを言われて、僕はただただ苦笑いを浮かべながら一歩身を後退させた。

これまで聖女は姉のシベルだと思い、彼女が将来の王太子妃となるため妃教育を受けてきた。

子供の頃から何年もかけて覚えさせてきたそれを、突然アニカに教えようというのだから、無茶をしているのはわかる。

だが、シベルを追放する前に、アニカにはしっかり伝えてある。

将来僕と結婚して王太子妃になるために、厳しい妃教育を受けなければならないことにアニカは納得したのだ。

そのうえで、彼女は僕との結婚を望んでくれた。

シベルは一度も言ってくれなかったが、アニカは僕のことを「愛してる」とも言ってくれた。

シベルより可愛げがあり、聖なる力を使ったことがあるらしいアニカとの結婚を、僕は喜んで受け入れた。

聖女はヴィアス伯爵の実の娘であるシベルだと思ってきたが、預言者は彼女だと断定はしていない。

それにシベルは聖女らしいことを一度もしたことがなかった。

だからヴィアス夫人に「アニカが聖女の力を使っているのを見た」と言われて、深く納得したのだ。

「アニカ様！　そのようなことではとても王太子妃としてやっていけませんよ！」

「私は聖女なのよ!?　聖女なのだから、無条件でマルクス様と結婚できるはずでしょう!?」

「まぁ！　それでは、学ぶ気はないとおっしゃるのですか!?」

「そうよ、厳しすぎるのよ！」

アニカのその言葉を聞いた瞬間、教師はぶるぶると肩を震わせて目を見開いた。

「……っわかりました。それではわたくしにできることはもうないようですので、失礼いたします！」

「ああ……そんな、待ってくれ――」

また、教師が一人辞めてしまった。

アニカが妃教育を受け始めてひと月。既《すで》に何人もの教師が「お手上げだ」と言い、辞めている。

しかし聖女とはいえ、王太子妃になるのならそれなりの教養やマナーが必要だ。

これはアニカが恥をかかないためでもあるのに。

困った。本当に困った……。

――僕には腹違いの兄がいる。

兄は、父である国王の愛人が産んだ子だ。

だから王位継承権第一位は僕なのだが、僕はまだ立太子されていない。

正妃の息子である僕が間違いなく次期国王であると思っていたのだが、近頃よく、兄が王位を継ぐのではないかという噂を耳にするようになった。

五つ年上の兄とは、昔からあまり顔を合わせることがなかったが、母譲りの金髪の僕と違い、兄は曽祖父譲りの黒い髪をしている。

この国では珍しい色だった。

曽祖母は聖女だった。つまり、曽祖父は前聖女と結婚している。そして二人はこの国の発展と泰平に尽力し、民からとても愛されていた名王と王妃だった。

しかし、そんな曽祖父に似ている兄は、愛人との間に生まれたせいで城での居心地が悪かったようだ。母も僕と兄を会わせたがらなかった。僕も別に会いたいなんて思っていなかったが。

父は愛人と兄のために、王宮内の敷地にわざわざ別邸を用意した。

兄はほとんどをそこで過ごしていたのだ。

それに、十五歳になるとすぐに騎士団に入団したと聞いている。

王族のくせに本気で騎士になるなんて、僕には考えられないことだった。

だが、まぁ……この国の次期国王はこの僕だ。

だから、たとえ兄が死んだって、構わないのだ。

僕さえ生きていればそれでいい。

誰もがそう思っているに違いない。……と、ずっと信じていた。

兄は外国を渡り歩いていると聞いている。

今どの部隊にいて、どこでどうしているのかは知らないが、たまに耳にする噂では、騎士としての腕を相当上げているのだとか。

僕はもう二十歳になったというのに、なかなか立太子されないのは、シベルが聖女としての力を解放していないからだと思っていた。

聖女の力が解放され、国全体が平和になり、僕が聖女と結婚すれば——父も僕を王太子にしてくれるだろう。

そう信じていた。

だから真の聖女が妹のほうで、更にそのアニカをシベルがいじめていると聞いて焦った僕は、ろくに調べもせずにシベルを辺境の地、トーリへ追いやった。

シベルが聖女の力を使っているところなど一度も見たことがなかったが、アニカが聖女の力を使っているのを、アニカの母親が見たのだ。

聖女はシベルではなく、アニカだったのだ。

それを聞いて、思わず安堵《あんど》した。

アニカが聖女の力を使ったことに焦ったシベルが、アニカをいじめるようになったとの報告書をヴィアス伯爵夫人——アニカの母親から受け取り、そのことにも深く納得した。

これまでの七年間、聖女として、王太子妃になるために勉強してきたシベルが、自分にはない聖女の力を持つアニカに嫉妬《しっと》しているというのは、その現場を見なくても説得力があったのだ。

その気持ちはわかる。僕だって、突然兄が王位を継ぐなどと言われたら、嫉妬してしまうだろうから――。


だが妃教育が始まると、アニカは早々に文句を言い始め、もう嫌だと喚き散らすようになった。

それでも彼女が言うように、聖女としての力があれば、僕の立太子もなんとかなるだろう……。そう思ったが、彼女はその力を未だに見せてくれていない。

いつも「疲れてしまって力は使えません」と言うのだ。

まぁ、とりあえず王都は平和だし、まずは王太子妃として、もう少し相応《ふさわ》しい振る舞いをしてもらうのが先だと思った。

せめてシベルと同等くらいに振る舞えるよう頑張ってもらわなければ、僕の婚約者として連れ歩くのも恥ずかしい。

……大丈夫。彼女も高位貴族の娘だ。

血の繋がりはないが、シベルと同じ家で育った妹だ。

もう子供ではないのだし、淑女として頑張ってくれるはずだ。

とにかく、今の僕はそう信じるしかなかった。

……というか、そうでなくては、困るのだ。

◆デートですか？

「シベルちゃん、手伝うよ」

「レオさん」

その日、朝食を終えて洗濯物を干していたら、レオさんが手伝いに来てくれた。

レオさんは手が空いているとこうしてよく、洗濯物干し係の私を手伝いに来てくれる。

団長様なのに、優しい方よね。

「いつも言ってますが、ゆっくり休んでいてくれていいのですよ？」

「いや、ただでさえここは人手不足だからね。俺たちもできるだけ自分たちのことは自分たちでやりたいんだ。君たちにはいつも本当に助けられているし」

「ですが、お疲れでしょう？」

「最近は魔物もおとなしいから、疲れていないよ。そういえば、君が来てから魔物がおとなしいような気がするな」

「まぁ、そうなんですか？」

洗ったばかりの洗濯物を高いところに干そうと、背伸びをしていた私からさりげなくそれを受け取り、簡単にかけてしまうレオさん。

ああ……背が高いっていいわねぇ。

「まぁ、もし魔物が襲ってきても、俺たちが必ず君を守るから、安心して欲しい」

「騎士団の皆様は本当に心強いですね。ありがとうございます」

その後もレオさんは、いつものように世間話をしながらどんどん高い位置にある竿に洗濯物を干していってくれた。


「――今日もありがとうございました」

「いや、俺も君と話ができて楽しかった」

「まぁ」

レオさんは本当にお優しい方だわ。私が気を遣わないようにそう言ってくれているのね。

「でも、今度なにかお礼をしなければなりませんね」

「それじゃあ――」

洗濯物を干し終わり、別れ際。

何気なく発した言葉に、レオさんが反応した。

「今度休みが合う日、一緒に出かけないか？　最近は本当に魔物も落ち着いているし。もちろん、君さえよければだが」

「まぁ」

レオさんとお出かけ？　なんて素敵なのかしら。

子供の頃から妃教育を強《し》いられ、聖女として箱入りだった私は、ろくに出かけたことがなかった。

婚約者だったマルクス様は王子だし、デートらしいことをしたこともない。

そんな私が、こんなに素敵な騎士様とお出かけできる日が来るなんて、これ以上ないご褒美だわ。

「私はもちろん構いませんが……そんなことでよろしいのですか？」

「もちろん！　ぜひ君と一緒に出かけてみたい」

レオさんは凛々《りり》しい眉を優しげに下げ、嬉しそうに笑った。なんだかとても可愛いわ。

「それでしたら、ぜひ」

「よかった。それじゃあ、どこに行くかは俺に任せてもらってもいいかな？　変なところには連れていかないよ。この辺りは危険な場所も多いから、安全面をしっかり考慮して――」

「もちろん、お任せしますよ」

真面目なレオさんに、私もにこりと微笑んで答え、その場は解散した。

それにしても……憧れの騎士様と二人で出かける約束をしてしまったわ……!!

ああ、これはなんというご褒美なのかしら……！

人手が足りないから、私たちが丸一日休みをもらえることは滅多にない。

騎士様たちも、非番の日には私たちの仕事を手伝ってくれたりするし、寮母の仕事は、〝仕事〟という感覚というより、役割というか、協力しているイメージが強い。少なくとも、私は。

だから一日中出かけるというわけにはいかないだろうけど、ほんの二、三時間でも、大好きな騎士様とお出かけできるなんて、夢のよう。

それもお相手はあの、レオさん。

優しくて、親切で、気配りまでできる、騎士団長様。

それに背が高いし、肩幅もがっしりしていて胸板が厚くて腕が太くて手も大きくて足も長くて腰もしっかりしている——頼れる騎士様。

ひょろひょろだったマルクス様とは比べものにならないほどたくましい、私の理想の騎士様！

ああ、それから黒い髪も素敵よね！

黒髪の騎士様——。

なぜだかわからないけど、そんなレオさんが特別魅力的に見えるのよね。

騎士団長様だからかしら？

それとも、昔読んだラブロマンスに登場する、私の初恋の黒髪の騎士様に似ているのかしら？

……初恋の騎士様？

それはなんていう小説だったかしら。

私が騎士様を好きになったのは、もう八年前。

そのきっかけとなった理想の騎士像があるのだけど、それは小説に出てきた黒髪の騎士様を想像しているのか、実際にそういう騎士様を見たのか、ぼんやりとした記憶しかない。

騎士様が登場するロマンス小説をたくさん読んだから……忘れてしまったのかしら。

うーん。すべて覚えているつもりだったけど……。

もしかして、レオさんには会ったことがあったりして。

父について騎士団の演習を見たのは九歳のときだ。

忘れていたって仕方ないわね。

ああ……それより、騎士団に心を奪われたあの頃の私に今の状況を教えてあげたら、なんて言うかしら！

きっと驚いて信じてもらえないでしょうね。

それでも私は伝えるわ。

〝料理や家事を頑張っていれば、いつか必ず役に立つときが来るから、続けてね〟

――って！

＊

今日はいよいよレオさんと出かける日。

朝食作りと片付け、それから洗濯物を干し終わったら、午後から私はお休みをいただいている。

レオさんは、今日は非番だ。

「それじゃあ行こうか、シベルちゃん」

「はい、本日はよろしくお願いします」

騎士団所有の馬車に二人で乗り込む際、レオさんは私に手を差し出してくれた。

「……え？」

「どうぞ？」

これは、まさかエスコート……!!

マルクス様にもエスコートしてもらったことはあるけれど、ナイフも握ったことがないような（もちろんあるのは知っているけれど）彼の白くて細くて上品な手に比べて、レオさんの手は大きくて、指が太くて長くて、とても頼もしい。それでいて、綺麗でもある。

いつもこの手で剣を握って国を守ってくれているのね。

ああ、私がこの国宝級の手に掴まっていいのかしら…………いいわね、せっかくなのだから。

「ありがとうございます」

「いいえ」

まるでお姫様にでもなったような気分で馬車に乗り込み、レオさんと向かい合って座る。

この区域、トーリは魔物が猛威を振るっている危険なところだと聞いていたけれど、私が来てからのひと月は、大きな被害があったという話を聞いていない。

私たちが怖がらないよう、被害報告が耳に入らないようにしてくれているのかとも思ったけれど、騎士様たちが怪我をして戻ったのも見たことがないし、本当に毎日が平和。

もちろん、最前線で魔物の脅威を食い止めてくれているのだろう第一騎士団の活躍のおかげだと思うけど。

レオさんは、今日は近くの街に連れていってくれるらしい。

街に行けるくらいは安全だということなのだろう。

この地域の街にも暮らしている人が結構いるらしく、騎士様たちが警備をしてくれている。

いつも新鮮な食材や、生活に必要な物資もこの街から取り寄せているのだ。

その街を見て回れるのは、純粋に嬉しい。

「今日はお忙しい中、本当にありがとうございます」

「いや、俺も仕事以外で街に行くのは久しぶりだから楽しみだ。王都のように広い街ではないが、少しでも君の息抜きになればいいのだが」

息抜きだなんて、そんな。

いつも抜いてますよ。感嘆の息を。

……という言葉は、呑み込んでおく。

「王都でも街に行く機会はなかったので、誘っていただけてとても嬉しいです」

代わりに淑女らしく微笑んで、そう言ってみる。

本当は、

〝憧れの騎士様とお出かけなんて、これはどんなご褒美ですか？〟

と、聞いてみたいけど。

「……そうか、君は妃教育で忙しかったのだったな」

「はい」

レオさんは私の事情をある程度知っている。

そのうえでこうして優しくしてくれるのだから、本当に素敵な人だわ。

偽聖女のくせに真の聖女だった義妹をいじめて、王子に婚約破棄されて、追い出された私なんかに。

「……」

それにしても……。

長い足を少し開いて、膝の上に握った拳《こぶし》を置いて、ご機嫌な様子で窓から外を眺めているレオさんと視線が合わないのをいいことに、そっと観察させてもらう。

今日は休み《オフ》だから、いつものカチッとした騎士服ではないレオさんは、カジュアルだけどとても清潔感のある服を着ている。

いつもの騎士服も最高だけど、今日の格好も素敵……!!

がっちりとした肩幅。たくましい腕。

隣に座って、すり寄ってみたい……！　触ってみたい……!!

——なんて。それはさすがに駄目よ、シベル。レオさんの筋肉は……身体は、国宝級なのだから。私のような偽聖女が触れていいものではないわ。

こうして同じ馬車に乗れただけで、とてもありがたいことじゃない。

「ありがとうございます……」

「ん？　なにがだい？」

「あっ……、その、今日は本当にありがとうございます」

また、心の呟きが漏れてしまった。

突然お礼を呟いた私に、不思議そうにこちらに顔を向けたレオさんと目が合ってしまったから、慌てて誤魔化《ごまか》した。

そしたらまだ少し不思議そうな顔をしながらも、レオさんはいつもの優しい笑顔で微笑んでくれた。

＊

トーリの街は、思ったよりも賑《にぎ》わっていた。

確かに王都の街ほどではないけれど、〝危険な区域〟のわりには、人もたくさんいるし、みんな穏やかな顔をしている。

王都にいた頃にイメージしていた辺境の街とは本当に、全然違う。

「おや。団長さん、久しぶりですね！」

「買い物ですか？　団長さん！」

「ちょうどいい！　今日は新鮮なりんごがあるよ！　持っていきな！」

馬車を降りて街を少し歩いたら、市場のようなところに出た。

背の高いレオさんは目立つようで、街の人にすぐ声をかけられる。

「ああ、ありがとう。後で寄るよ」

「おやおやおや、そちらのお嬢さんは？　まさかデートかい、団長さん」

「はは、そうだといいんだが」

「…………え？」

デート？
デ、デートだといいのですか……!?
私の父よりも歳が上に見える方たちにそう言われて、レオさんは頭をかきながら肯定した。

これは、デートだったのですね……!!

私は今までそんなものとは無縁だった。会ったこともなければ食べたこともない。

初めてのそれが、レオさんのような騎士様とだなんて……!!

やっぱり婚約を破棄して、この地へ私を送り出してくれたマルクス様には感謝しようと思う。

どうかあなたもアニカと幸せになってね……！

「シベルちゃん、向こうに行こうか」

「はい……っ！」

〝デート〟という言葉に感動してほわほわしていたら、突然レオさんがそう言って私の手を取った。

「この辺りは人が多いから、気をつけて」

優しく私の手を握り、そう言ってはにかむと歩き始めるレオさん。

ああ……これは、エスコートですね!?

「………!!」

馬車を降りるときも入れて、本日三回目です。

私はもう、手を洗えないわね、もったいなくて。

ふわふわした気持ちでいる私の手を握って、しっかり誘導してくれるレオさんは、しばらく歩くと市場を離れ、今度は少し立派な建物の前で足を止めた。

「ここに入ろうか」

「はい」

もう地獄だろうと、どこへでもついていきますよ。

そんな気持ちで頷いてそのお店に入ったら、中にはたくさんのドレスや装飾品が並べられていた。

「……ここは」

そして、どう見てもそれは女性ものだった。

……まさか、レオさんにはそういうご趣味が……？

こんなにたくましくて男らしいレオさんが女性ものを身にまとう姿を一瞬想像しかけて、ぶんぶんと頭を横に振る。

綺麗なお顔をされているから意外と似合うかも……じゃないわよ、シベル!!

「よかったら、日頃の礼になにかプレゼントさせてくれないか？」

「えっ？」

そんな馬鹿なことを考えていた私に、レオさんからは思いがけない言葉。

「そんな、そういうわけには参りません！　私はただ、お仕事をしているだけですので……！」

「いや、君が業務以上のことをしてくれているのは知っているよ」

「それは……私が好きでしているだけですので」

確かに私は普段、休みの日もじっとしていられなくて先輩寮母の手伝いをしたり、騎士様たちの訓練を見学するついでに差し入れを持っていったりしている。

でもそれはすべて、私得のためだ。

料理の配膳をするのも、差し入れを持っていくのも、私が騎士様たちの喜ぶ顔が見たいから……！

「ありがとう」の言葉と笑顔が私の報酬なのだ。

特に訓練の見学はみんな真剣で格好よくて、たまらない。これぞ〝騎士〟なのだ。一生見ていられる。

だからレオさんにプレゼントしてもらうなんて、滅相《めっそう》もない！

これからも訓練を見学させてもらえれば、私はそれでいいのです。

「遠慮しないで。迷惑ではないのなら、受け取ってくれないか？」

「迷惑なはずありませんが……！　でも、」

「それじゃあ、受け取ってくれるね」

にっこりと微笑まれてしまえば、私の首はコクリと上下に動く。

ああ……もうっ！　正直な身体なんだから!!

「よかった。それじゃあ、これなんてどうだろう？　よかったら着てみてくれないかな」

「素敵ですが……私に似合うでしょうか？」

レオさんが手に取ったのは、落ち着きのある桃色のワンピース。胸のところに控えめにリボンがついていて、派手すぎないけど可愛い。

「きっと似合うよ」

店主に声をかけ、促されるままに試着させてもらった。

「……どうでしょう？」

こういう可愛い色は、今まですべてアニカが着ていた。

継母は、私にはこういう色は似合わないと言い、古くなって色あせた草色や、土色のものばかりを選んで渡してきた。

今日着ているのも枯草色の地味なワンピースだったけど……素敵なレオさんと並んで歩くには、やっぱり少し地味すぎた？

「うん。思った通り。とてもよく似合っているよ」

「……本当ですか？」

「俺は気の利いたお世辞を言えない男だ。鏡を見てごらん」

その言葉に、店主が向けてくれた鏡の前に立ってみる。

「……わぁ」

「ね、似合っているだろう？」

「……はい」

自分で言うのもなんだけど、このほうが確実に顔色が明るく見える。

「君のプラチナブロンドの髪にもよく合っているよ」

そう言って私の隣に並んだレオさんが鏡に一緒に映って、ドキリと鼓動が跳ねた。

だって、一瞬……本当に一瞬だけ、私たちは本当の恋人同士のように見えたから。

もちろん私の願望がそう見せただけだということは、わかっているけど。

「これをいただこう。このまま着て帰りたいのだが」

「では、着ていたものをお包みしますね」

「レオさん……本当によろしいのですか？」

「ああ、もちろん。それを着て、また一緒に出かけられたら嬉しい」

また一緒に出かけてくれるのですか？

社交辞令だとしても、とっても嬉しいわ！

「ありがとうございます！」

「いや……」

嬉しすぎてつい、淑女であることを忘れて目一杯の笑顔で言ってしまった。

そしたらレオさんが私から目を逸らし、気まずそうに視線を泳がせた。

人前なのに、はしゃぎすぎてしまったかしら……。

レオさんの頬がほんのりと赤く染まったように見えたけど、それはやっぱり私のような女性を連れていることが恥ずかしかったから？

すみません……気をつけます。でも、嬉しかったんです……！

それから私たちは、お店を出て少し歩いたところで見つけた出店で軽食をとり、また少し歩くことにした。

「――とっても美味しかったですね！」

「喜んでもらえてよかった」

私たちが食べたのは、焼いた鹿のお肉や野菜を串に刺したものと、この地の名産であるりんごのジュース。

お肉は柔らかくて臭みもなく、塩味がちょうどよくて、りんごジュースは甘みと酸味のバランスが絶妙だった。

晴天の下、こんなに素敵な騎士様と外で串料理にかじりついて談笑するのは、とても楽しくて最高に美味しく感じた。

毎度思うことなのだけど、マルクス様とでは絶対に経験できないことだったと思う。

「でも、食事までご馳走《ちそう》になってしまって……今日は私がレオさんにお礼がしたかったのに」

あまりにも楽しくて忘れそうになっていたけれど、いつも洗濯物を干すのを手伝ってくれるレオさんにお礼がしたかったのは私のほうなのだ。

それなのに、服を買ってもらって、食事までご馳走してもらった。

「いやいや、あれくらい払わせてくれ。それに俺はとても楽しいから、十分礼をもらっているよ」

「私も楽しいです」

「それを聞けて、俺はもっと嬉しくなった」

「……レオさんったら」

爽やかな笑顔でさらりとそう言ってみせるレオさんに、私の胸はきゅーんと疼《うず》く。

団長であるレオさんは、私より忙しい方だ。

だから貴重なお休みをこうして私に使ってくれて、本当にありがたい。

レオさんは優しくて面倒見のいい方だから、きっと新入りには毎回こうして息抜きと気分転換をさせているのね。

ああ……本当に優しい方だわ。

マルクス様よりずっと、この国を率いていく方として相応しいとすら思えてしまう。

「レオさん、あのお店に寄ってもいいですか？」

「ああ、もちろん」

そのとき、ふと気になるお店が目にとまった。

なにを売っているお店か、遠くからはわからないのだけど、なんとなく気になった。

「いらっしゃい」

店主は、フードを被《かぶ》った怪しげな男。……なんて言ったら、失礼ね。

「わぁ、綺麗」

そこに並んでいたのは、色んな色の石が付いた、ペンダントやイヤリングなどのアクセサリー。

宝石ではないけれど、とても綺麗で、なにか引きつけられる魅力がある。

「これは魔石だな。気に入ったのならプレゼントしよう」

「いえ、大丈夫です……っ!! それに私ももうお給料をいただきましたから!」

値札を見ると、私でも買えるくらいの値段が書かれていた。

魔石は魔力を源として作用する鉱物の一種で、生活を便利にするために色々な用途で用いられている。質のいい魔石には、魔力の強い者が力を付与し、何らかの効果を与えて生活道具として使われているのだけど、こうしたアクセサリーなどに使用されている場合は、ほとんどが見た目重視の魔力はないもので、宝石よりも安価で手に入る装飾品として人気だ。

……そのわりには、他にお客さんがいない。

たまたまかしら?

「あっ、この石、レオさんの瞳の色によく似ていますね」

一際私の目を引いたのは、まるでサファイアのような美しい色をした丸い石のついたペンダント。

「よし、プレゼントし――」

「これください！」

レオさんが言い切る前に、先に私がそのペンダントを手に取って店主に声をかけた。

「……お嬢さん、見る目があるね。それはとても力のある石を使っているから、魔除けになるよ」

「本当ですか？」

「ああ、あんたの祈りでも捧げてからそれを身に着ければ、きっと危険から身を守ってくれる」

「へぇー、すごい！」

値札に書かれた金額を支払い、私は早速その石を両手で握りしめて目を閉じ、祈ってみた。

……どうか魔物や危険からレオさんの身をお守りください――。

「……シベルちゃん？」

すると、なんとなくだけど、手の中の石があたたかくなった気がした。

本当に、なんとなくだけど。

「――はい、レオさん。プレゼントです！」

「え？　俺に？」

「はい！　レオさんが任務や討伐《とうばつ》に出ても無事帰ってこられるように、祈りを込めました！」

気休め程度にしかならないかもしれないけれど、ほんの気持ち。

「……ありがとう。とても嬉しいよ、シベルちゃん。君は本当に優しいね」

大切にするよ。と言って、素直にペンダントを受け取ってくれたレオさんに、私もにっこりと笑顔で頷いた。

◆からかわれている……

シベルちゃんとひと月過ごして、わかったことが二つある。

まず、彼女が義妹をいじめていたというのは嘘であるということ。

むしろ酷い目に遭っていたのは彼女のほうだろう。

いつも明るく、謙虚でひたむきな彼女が誰かをいじめるとは到底思えないし、高位貴族であれば当然の食事や部屋にもいちいち素直に感動し、感謝している。

それによく働くし、俺たち騎士のことをとてもよく考えた食事メニューを提案してくれているという話もエルガから聞いた。

休みの日だって、ゆっくり寝ていればいいのに早く起きて朝食の配膳を率先して行い、とても優しい笑顔で俺たちのことを見守ってくれるのだ。

あの笑顔が嘘だとは、とても思えない。

彼女はいつだってとても健気で、一生懸命なのだ。

だからあのシベルちゃんが義妹をいじめたというのは、なにかの間違いだろう。

そしてもう一つわかったことは、そんなシベルちゃんに俺は惹《ひ》かれているということ――。

「おーい、団長ー。聞いてますー？」

「あ？　ああ……、悪い。聞いてなかった」

その日の夜、仕事を終えた副団長のミルコと、第一騎士団の若きエース、ヨティの三人で俺の部屋に集まり酒を飲んでいた。

昼間のシベルちゃんとのデートを思い出して、彼女のことを考えてぼんやりしていた俺に、ヨティが不思議そうに呼びかける。

「どうしたんすか？　なんか悩みっすか？」

「いや……」

「あ、わかった。その顔は恋っすね！」

「え？」

「図星だ。相手も当てましょうか？　ずばり、シベルちゃん！」

「な……っ、なぜ……！」

ヨティは毛先の跳ねた金髪を指でくるくると巻きながら、片目を閉じてにやりと口角を上げた。

「やっぱり！　可愛いっすよね、シベルちゃん。元気いっぱいなのに、なんかのほほんとしてて。それに料理も本当に美味いし、俺たちのことをいつもあたたかく見守ってくれてて」

ヨティの口から語られた言葉に、俺の胸はドキリと跳ねる。

「ヨティ、君は彼女のことが好きなのか!?」

「好きっすよ」

「！」

動揺する俺の問いに間を置かずに答えられ、頭を鈍器で殴られたような衝撃が走る。

「…………そう、か……」

「いや、みんな好きでしょう。副団長も好きっすよね？　シベルちゃんのこと」

「ああ、好きだな」

「なに……っ!?」

いつもクールで冷静で、女性にあまり興味を示さないミルコでさえ、ヨティの問いに迷わず頷いた。

「そ、そうか……そう、なのか…………」

それはそうだよな……。シベルちゃんはヨティが言うように元気で可愛くて料理上手で、いつも俺たちをあたたかく見守ってくれている。そんな彼女を近くで見ていて、好意を抱かないほうがおかしいのだ。

なぜ俺だけが彼女に惹かれていると思った……。

「いや、だからあの子のことを嫌いな奴なんて、ここにはいないと思いますよ？」

「……ああ、なんだ。そういう意味か」

落ち込む俺に、ヨティがフォローするように続けた言葉に、ほっと胸を撫で下ろす。

「あ、やっぱり団長は違う意味でシベルちゃんのことが好きなんすね」

「……!!」

からかわれている……。

しかし、俺が安堵の息を吐いたのを見て、ヨティはまたにやりと口角を上げた。

俺より五つも年下のヨティは、そのままにやにやと楽しそうに口元を緩めてウイスキーをあおった。

しかし、否定はできない。彼の言う通り、俺はシベルちゃんを気にかけて目で追っているうちに、必要以上に彼女に惹かれていっている自覚はあるのだから。

「しかし珍しいな。レオが女に惚れるなんて」

「いや、まだ惚れたとまでは――」

――言えないか？　本当に？

付き合いの長いミルコは、俺のことをよく知っている。

俺はこれまで騎士として、剣術のことばかり考えて生きてきた。

父はたまに結婚を急《せ》くような手紙を送ってくるが、両親とはしばらく会っていない。

そもそも俺は、父と愛人の子で、正妻の息子ではないのだ。

だから跡を継ぐのは正妻の子である弟だし、俺は家にも居づらく、若くして騎士団に入団した。

女性や色恋にはあまり興味がなく、誰かと深い関係になったこともない。

そんな俺だが、シベルちゃんには惹かれるものがある。

彼女のような明るい女性と結婚したいと思わなくもないが……。

もし、彼女が本当の聖女であったとしたら――？

シベルちゃんがプレゼントしてくれたペンダントに触れながら、ふとあのときのことを思い出す。

シベルちゃんが店主に言われてこの石を握り祈ったとき、彼女の身体が微《かす》かに光を放ったのだ。

あれは、聖女の祈りの力ではないだろうか……？

これでも一応、その手の教育は受けている。

そのとき聞いたことがあるのだ。

実際に見たことはないが、あの光はまさにそれではないのか……？

俺にはまだ確かめる術がないが、そうなると色々と辻褄《つじつま》が合ってくる。

シベルちゃんがこの地に来て以来、魔物がおとなしいこと。

彼女が作った食事を食べるようになってから、俺たちは疲れにくくなったこと。

それらはすべて、彼女が聖女であれば説明がつくのだ。

単なる偶然とも思えたが、今日のあれはどう説明するのだ。

「……まぁでも、彼女はいい子だ。レオにも合っていると、俺は思うぞ」

「そっすよね。いいじゃないっすか！　でも団長の女にするなら早いとこ公表しないと、他の奴に手を出されちゃいますよ？　シベルちゃん、人気だから」

「そうなのか!?」

聞き捨てならないヨティの言葉に、既に彼女にはそのような相手がいるのかと声を荒らげると、彼は怯えたように身を引き「冗談っすよ……」と呟いた。

つい力が入って怖い顔をしてしまったようだ。

「手を出したりはしないだろうが、確かに彼女のことを好意的に思っているのはレオだけではないだろうな」

「……そうだよな」

怯えているヨティの隣でミルコが付け加えた言葉に息を吐きながら頷くと、ヨティは気を取り直したように座り直してウイスキーを飲んだ。

「でも団長が狙ってるんなら、みんな身を引きますよ。まぁ、シベルちゃんが誰を好きになるかはわかんないっすけど。今度好きなタイプとか聞いてきましょうか？」

「……」

ははははは――！　と軽く笑ったヨティに、俺はまた小さく息を吐いた。

シベルちゃんのことはとても気になる……。

しかし立場を考えると、彼女とのことはもう少し慎重にならねばなるまいな……。そう思った。

◆騎士様は本当にすごい

「シベルちゃん、わざわざありがとう！」

「本当、疲れが吹っ飛ぶよ！」

「うん、甘酸っぱくて美味ぃ！」

「うふふ、よかった。皆さん本当にお疲れ様です」

その日の夕方、少し時間ができた私は、騎士様たちの訓練の見学に、屋外にある訓練場に来ていた。

手ぶらで行くのもなんなので、レモンをスライスして蜂蜜に漬けたものを差し入れに来たという口実を用意してきた。

皆さんの疲れが少しでも取れますように。

そう願いながら作ったから、そう言ってもらえてよかった。

それにしても……。

本当に、ここはなんて素晴らしいのかしら。

私の目に映っているのは、訓練を終えて爽やかな汗をかいている騎士様たち。

汗の滲《にじ》む額を拭《ぬぐ》い、濡れた前髪をかき上げ、ラフな訓練着の袖をまくって蜂蜜レモンを口にして笑っている騎士様たちは、キラキラと輝いて見える。

……ああ、尊い。

こんなに素敵な光景を自分の目で、それもこんなに近くで見られる日が来るなんて、思ってもみなかったわ。

マルクス様やアニカには、本当に感謝してもしきれないわね。

……アニカ、妃教育頑張っているかしら。

「シベルちゃん」

そんなことを考えていたら、後ろからレオさんの爽やかな声が私を呼んだ。

「レオさん！　それに、ミルコさんも」

「わざわざ差し入れを持ってきてくれたんだって？　せっかく時間が空いたのなら、休んでいればいいのに」

「いいえ、私は疲れていませんから。それに、皆さんの訓練を見学させてもらうのは楽しいです」

「そうか？　こんな汗臭い男たちを見て楽しいか？」

思わず言ってしまった本音に返ってきたレオさんの言葉に、はっとする。

……私、もしかしてはしたないことを言ってしまった……？

「なに言ってんすか、団長！　せっかくシベルちゃんがわざわざ来てくれたのに！　汗臭くなんかないよね？　ちゃんと毎日風呂にも入ってるし！」

「え、ええ、もちろん！」

まずい……と思ったけれど、私より先にそれを否定してくれたのは第一騎士団の若きエース、ヨティさん。

「はは、そうかそうか、ならいいんだが」

「うふふふふ」

どうやらレオさんも、冗談で言ったらしい。それ以上深く追求されずに済んだので、よかった。

「それより団長と副団長はどうしたんすか？　まさか、シベルちゃんの差し入れを食べるためだけに来たわけじゃないっすよね？」

訓練着のヨティさんたちと違い、いつものようにピシッと騎士服を着ているレオさんとミルコさんに、ヨティさんが口角を上げながら窺うような視線を向けた。

「いや……」

「せっかく来たんすから、たまには稽古《けいこ》つけてくださいよ！　そうじゃないとこれはあげられないっすよ！　ねぇ、シベルちゃん！」

私に同意を求めてくるヨティさんに、淑女らしくにこりと笑顔で応える。

……待って、もしかしたら、今からヨティさんに稽古をつけるレオさんやミルコさんの姿が見られるの……？

それは、なんという幸運!!

管理職のお二人が訓練をしている姿は、あまり見られない。

お二人ともいつ見ても引きしまった身体をしているから、きっと見ていないところで（夜とか？）鍛えてはいるのだろうけれど、こんなふうに日常的に他の騎士様たちと訓練しているところは、まず見られないのだ。

「……そうだな、たまには付き合うか」

レオさんより先に口を開いたのは、ミルコさんだった。

「お！　じゃあ早速、俺と手合わせしてください！」

それにヨティさんがすかさず反応する。

「いいだろう。シベルちゃん、悪いがこれを預かっていてくれないか？」

「え？　は、はい……っ！」

ヨティさんに手合わせを申し込まれたミルコさんは、騎士服の上着を脱いで私に手渡した。

「真剣でいいっすか？」

「いいぞ。本気で来い」

「さすがに副団長に大怪我はさせられないっすよ」

「……ふ、そのときはおまえが副団長だ」

言いながら、二人は訓練場中央へ足を進めて向き合った。

ミルコさんとヨティさんの間に、いつになくぴりついた緊張感が走る。

他の騎士様たちもその様子を緊張と期待の入り交じる顔で見つめている。

そして私は、ミルコさんの上着を預かっていることに震えながら、これからとてもいいものが見られるのではないかと胸を高鳴らせていた。

「……大丈夫だよ、シベルちゃん。ミルコは強いから、怪我をしたりしないし、若い部下相手に本気で戦ったりもしない」

「はい……」

優しいレオさんが、私の隣で気を遣ってそう声をかけてくれる。

ええ……ええ、そうですよね。これは訓練の一環なのだから、本気で怪我をさせたりはしないのでしょうね。

でも……でも……！

目の前で本物の騎士様による手合わせが見られるなんて……!!

どちらかと言うと、私は今そっちに震えています!!　あとミルコさんの上着、なんかいい匂いがします……!!

「手加減はなしっすよ！」

そう叫びながら、先に仕かけていったのはヨティさんだった。

腰の剣を抜いて、ミルコさんにまっすぐ斬りかかっていく。

「……いい踏み込みだが、甘い」

「……っ！」

ミルコさんも素早く剣を抜き、涼しい顔でヨティさんの剣を受け止めると、簡単に弾き返す。

「く……っ！」

それでもめげずに向かっていくヨティさんの剣と、それを受け止めるミルコさんの剣がキン、キン、キン——と、高い音を立てながらぶつかり合った。

「おお、さすがヨティ。副団長相手によくやるな」

「ああ。だが、やはりまだまだ遊ばれているな」

騎士様たちからそんな言葉が聞こえる。

私の隣に立っているレオさんも、真剣な面持ちで二人を……どちらかというと、ヨティさんを観察しているように見える。

「甘い、隙がある」

「……っ！」

ヨティさんが一方的に打ち込んでいるから、ミルコさんは受け止めるだけで精一杯なのかと思った。けれど、どうやらミルコさんはヨティさんの腕を見るためにわざと反撃しなかったようだ。

剣を弾かれよろめいたヨティさんの隙を逃さず、素早く自分の剣の切っ先をヨティさんの首元に突きつけたミルコさんの動きは、素人《しろうと》の私から見てもまったく無駄がないとわかった。

「…………参りました」

「勢いと狙いはいいが、もう少し慎重さを身につけろ。己の力を過信するな」

「……はい、ありがとうございました」

相変わらず息一つ乱さずそう言って剣を鞘《さや》に納めるミルコさんに、ヨティさんは項垂《うなだ》れるように頭を下げた。

「……すごい」

「そうだろう？　だが、第一騎士団副団長の実力はあんなものじゃないぞ。それに、ヨティも若いのになかなかだった」

「はい……」

初めて目の当たりにした騎士様の模擬戦に、私はただただ感嘆の息を吐くばかり。

本当に、ヨティさんだって十分すごかった。

けれど、ミルコさんがそれ以上にすごかった。

ただそれだけだ。

ヨティさんはまだ二十歳だから、これからもっともっと強くなるのだろう。

ミルコさんの強さは……私には計り知れない。

もう、すごすぎて言葉が出ない。

とても格好よかったのだけど、そんな言葉では片付けられない。なんというか、今はただ呆《ぼう》然《ぜん》としてしまう。

「本当に、すごいです……」

「うん」

私はこんなに語彙力《ごいりょく》の乏しい人間だったのか……。

もっと気の利いたことを言えたらいいのに、〝すごい〟としか言えない自分が情けなく、とてもちっぽけに感じた。

今のは訓練だったけど、騎士様たちは実際には命をかけて戦うのだ。

そんな皆さんのために、私にもっとできることはないだろうか。

「ありがとう、シベルちゃん」

「いいえ、お疲れ様でした」

ミルコさんはこちらに歩み寄ってくると、私に預けていた上着を受け取った。

それにしても、やっぱりミルコさんって、すごく体格がいいのね……！　上着を脱いだらそのたくましい身体つきが一層よくわかるわ。

「あの、本当にすごかったです……！」

その際、私の口からそんな言葉が出た。

伝えずにはいられなかったのだ。

私は今、とても興奮している。顔や身体が熱くて、心臓がドキドキする。

すごい……！　騎士様は本当にすごい……!!

「ありがとう。……でも、うちの団長殿はもっとすごいよ」

「え？」

そう言ってレオさんに視線を向けたミルコさんに釣られて、私もレオさんの顔を見上げる。

するとどうやら私のことを見ていたらしいレオさんと一瞬目が合ったけど、すぐにぱっと逸らされてしまった。

「ん？　ああ、いや、まぁ……、それなりにはね」

そしてレオさんは、照れたように頭をかいた。

確かに……レオさんは団長様なのだから、きっとミルコさんよりもっと強いんだろうな。

レオさんが剣を抜いて戦う姿を想像してみたら、なぜだかもっと胸がドキドキした。

「……それじゃあ、俺たちはそろそろ戻ろうか」

「ああ」

気を取り直したようにそう言ったレオさんの言葉にはっとする私の前で、ミルコさんが頷いた。

そして二人は、再び肩を並べて去っていった。

私もそろそろ戻らないと。

「あ、シベルちゃん、これありがとう！」

「いいえ、今度また作って持ってきますね」

すっかり中身のなくなった、蜂蜜レモンが入っていた器をヨティさんに渡されて、私は夕食の支度のため調理場へ足を進めた。その途中、ふと思う。

結局、レオさんとミルコさんは召し上がってないわよね。

後でお二人にも持っていってあげようかしら。

*

――コンコンコンコン。

「レオさん、いらっしゃいますか？」

「シベルちゃん？　ああ、いるよ。どうぞ――」

その日の夕食後。

片付けが済み、私の今日の仕事が終わったので、昼間作った蜂蜜レモンを持ってレオさんの執務室を訪ねた。

「失礼します」

「どうしたんだい？」

扉を開けると、レオさんはわざわざ執務机の前から立ち上がってこっちに歩いてきてくれた。

「すみません、お仕事中に」

「いや、今日はもう終わるところだったから大丈夫だよ」

そして、「どうぞ」と言ってソファに座るよう促してくれる。

「あ……いえ、よかったら、こちらどうぞ」

「ん？」

けれど、長居するつもりはないので、持ってきたものをすぐにお渡しした。

「レモンを蜂蜜に漬けたものなのですが、疲れが取れますので、よかったら召し上がってください」

「……わざわざ作ってきてくれたのか？」

「先ほど、召し上がれませんでしたよね」

ありがたいことに、騎士様たちはこれを喜んで食べてくれた。

優しい甘さと、さっぱりとした酸味がとても食べやすくて私も大好きだけど、皆さんも疲れていたんだと思う。

「それでわざわざ……。ありがとう、後でいただくよ」

レオさんはそう言って嬉しそうに笑ってくれた。

喜んでもらえてよかった。

「それでは、失礼します」

「あ……っ」

レオさんはまだお仕事があるだろうし、これからミルコさんのところにも蜂蜜レモンを届ける予定だから、私はすぐに部屋を出ようとした。

けれど、引き止めるようにレオさんが大きな声を出したので、どうしたのだろうかと首を傾げる。

「シベルちゃんはもう、仕事は終わったの？」

「はい」

「それじゃあ、よかったらお茶を一杯付き合ってくれないかな。そうだ、このレモンを入れてみよう」

「……まぁ、よろしいのですか？」

「もちろん。ちょうど喉が渇いたところだったんだ」

「それじゃあ、一杯だけ」

なんて嬉しいお誘いかしら。

お茶を淹《い》れるためにお湯を準備しようとした私に、レオさんは「座っていいよ」と言って、自ら紅茶のカップを用意する。

「……ありがとうございます」

レオさんは団長様だけど、ある程度自分のことは自分で行う。

本当に、王都にいるときは高い役職にある方が自分でなにかをするなんて信じられなかったわ。

……ところでレオさんも貴族の生まれよね？　どんなお家で育ったのかしら。

「さぁ、どうぞ」

「いただきます」

お言葉に甘えておとなしくソファに座ってそんなことを考えていると、レオさんがティーポットに入った紅茶を持ってきてくれた。

レオさんは向かいのソファに座って紅茶をカップに注ぎ、私が持ってきた蜂蜜漬けのレモンを一つずつ入れる。

「……うん、美味しぃ！」

「そうですね」

そして互いに一口ずつそれを飲んで、その味に頬を緩める。

紅茶にとてもよく合うわ。それに、レオさんの淹れてくれた紅茶もとても美味しい。

「……シベルちゃん」

「はい」

幸せな気分で紅茶を味わっていたら、カップをソーサーに置いたレオさんがふと神妙な面持ちで私の名前を呼んだ。

なにかお話があるのかと思い、私もカップを置いて姿勢を正す。

「君は本当にいつも一生懸命俺たちのために頑張ってくれているが、無理はしていないだろうか？」

「え？」

突然、どうしたのだろうか。

「いいえ、無理なんてまったく」

レオさんがあまりにも真剣な表情だから、思い当たることはないのに、つい考えてしまった。

……うん、でも考えてみても無理をしていることはなにもないわ。

だって私はこれ以上ないくらいに幸せなのだから。

今だって団長様《レオさん》が淹れてくれた紅茶を飲んでいるのよ？　こんなことって許される？

「そうか……。ならいいのだが……」

「？」

なんだろう。レオさんはまだなにか言いたそうな顔をしている。

「どうしました？　気になることがあるのでしたら、どうぞおっしゃってください」

「……俺は、君がなぜこんなところに来たのか知っている」

「ええ……」

レオさんのほうがよっぽど思い詰めたような顔をしているから心配になって問いかけてみれば、言いづらそうに唇を噛んだ後、逸らしていた視線を私に向けてそんな言葉を吐き出した。

「しかし、なぜ君のような人がマルクス王子に婚約破棄されて、こんな辺境の地に追放されたのか、理解できない」

「……真の聖女である義妹《いもうと》をいじめたからだそうですよ」

レオさんはきっと、その理由も知っているはずだ。

だから、彼が言いたいことはたぶん、そういうことではないのだろう。……嬉しい。

「君が義妹をいじめたなんて、とても信じられない。伯爵令嬢で王子の婚約者、更に聖女と言われていた君が、なぜそんなに家事ができるのか」

熱くなってそう語るレオさんの瞳が、まっすぐ私に向いていた。

とても嬉しい。

十歳のときに婚約したマルクス様は、アニカの言葉を簡単に信じたというのに。レオさんは私がアニカをいじめていないと、信じてくれるのね。

「そもそも君が偽の聖女であるという証拠はあるのか？」

「さぁ……？　ですが、聖女は同時に二人存在しませんので。義妹が真の聖女なら、私は偽物なのでしょう」

預言者がそう告げたわけではないけれど、確かにはっきり私が聖女だと言われたわけでもなかった。

〝聖女はヴィアス伯爵の娘〟

アニカだって、お告げが下りたときは一応ヴィアス伯爵家の娘だった。

「……君は王都にいた頃も、辛いことがあってもそうやって明るく笑って我慢していたのか？

それを思うと、俺は……」

「え？」

そう言って、レオさんは苦しそうに表情を歪めた。

王都にいた頃、も？

私に今、辛いことはない。そして王都にいた頃は、今のようには笑っていなかった。

「えーっと……」

それをどう説明しようかと考えていたら、レオさんは凜々しい眉をきゅっと切なげに寄せながら、少し身を乗り出して口を開いた。

「なにか辛いことがあったら、俺がいつでも話を聞くよ」

「……レオさん」

「俺では頼りないかもしれないが……君には本当に感謝しているんだ。それに……、俺は君の気持ちを、少しはわかってあげられるかもしれない」

「え？」

レオさんの手が、膝の上でぎゅっときつく握りしめられた。

だからその言葉は、なにかを覚悟して言ったのだとわかる。

「俺の母は、正妻ではなかったんだ。俺は父と愛人の間に生まれた子だった。それで正妻や、後に生まれた弟と顔を合わせづらくて、逃げるように騎士団に入った」

「まぁ……そうだったのですね」

さぞかし、お辛かったでしょう。それを私に話してくださるなんて……。

「だが俺は、騎士になって正解だった。今はとても楽しいし、充実している」

そう言いながら、レオさんはまっすぐ顔を上げた。だからその言葉が本心であるのはよくわかる。

「だから、もし君もなにか痛みを抱えているのなら、俺がそれを一緒に請け負えたらいいと思っているんだ。もちろん、無理にとは言わない。ただ、君には味方がいるということを知っていて欲しい」

「レオさん……」

本当に、なんていい人なのかしら。

いち新人寮母の私なんかに、そんなこと言ってくれるなんて……！

「ありがとうございます……！」

「うん……」

胸がジーンと熱くなった。

王都にいた頃の私だったら、この人に泣きついていたかもしれない。

その厚い胸に飛び込んで、泣きながらたくましい胸筋を堪能——違うわ、そうじゃない。

「ありがとうございます。そう言っていただけて本当に嬉しいです！　ですが私もここに来て、毎日とても楽しいです。私は今、幸せです」

レオさんのまっすぐな優しさに、私もまっすぐに向き合って応える。

「……それならよかった」

とびきりの笑顔でそう言ったら、レオさんもようやく安心したように微笑んでくれた。

……まだ少しなにか腑《ふ》に落ちないような、気になる表情をしているようにも感じるけど。

「紅茶、ごちそうさまでした。では、私はそろそろ行きますね。この蜂蜜レモンを、ミルコさんにも届けようと思っているので」

「ミルコのところにも行くのかい？」

「はい」

それを伝えたら、レオさんの顔色が少し変わった。

「……俺が持っていくよ」

「え？　ですが、お手数をかけてしまいますし……」

「いや、俺が持っていく。彼はこの時間、いつも身体を鍛えているし。後で会うから」

「身体を鍛えてる……？」

自主的にトレーニングしているということ？　ミルコさんが、筋トレを……？

見たい!!

……って、駄目よ、シベル。

そんなプライベートな時間を邪魔しちゃいけないから、レオさんが届けてくれるって言ってくれているんじゃない。

「わかりました。では、お願いします」

「ああ、しっかり届けるから、安心してくれ」

「はい、それでは」

ミルコさんの分をレオさんに託し、今度こそ私は部屋を出た。

それにしても、レオさんにも複雑な事情があったのね。

いつもあんなに優しくて、明るくて、頼りがいのある団長様だけど……。

私ももっとレオさんの力になれるよう、頑張らなくちゃ！

改めてそう思いながら、一瞬ミルコさんのところに向きそうになった足を戻して、今夜はもう自室に戻ることにした。

◆俺の想いは伝わったかな？
「うん、美味いな」

「それはそうだろう、シベルちゃんが作ったのだから」

シベルちゃんがわざわざ俺（と、ミルコ）のために作ってくれた（と思いたい）蜂蜜漬けのレモンを、約束通りミルコの部屋まで届けに来た。

トレーニング後、風呂に入って部屋着に着替えているミルコは、そのレモンをかじりながら満足気に頷いている。

そんな友人を前にして、俺は彼が用意してくれたハーブティーを一口飲んだ。

もちろんそれにもシベルちゃんのレモンを一つ入れている。

しかし……つい、俺が渡しておくと言ってしまったが、変に思われなかっただろうか。

彼女は、本当は直接ミルコにこれを渡したかったのではないだろうか……？

「……」

俺と同じようにレモンを一切れ入れたハーブティーを飲みながら、更にレモンをかじるミルコを、じっと見つめる。

俺は、シベルちゃんの力になってあげたいと言いながら、余計なことをしてしまったのではないか……？

「……」

「なんだ、俺の顔になにかついているか？」

「切れ長の目と高い鼻と引きしまった唇がついている」

「はぁ？」

先ほど、ミルコとヨティが模擬戦を行ったとき——。

シベルちゃんはミルコを見て、顔を赤くさせていた。ぽーっとして彼を見ていた。

まさか……まさか、シベルちゃんはミルコのことが……!?

そう思ってしまった俺は、向かいのソファに座っている男前に、じっとりとした視線を向けた。

「レオ……おまえにはそんな趣味があったのか」

「違う!!」

だが、俺の返答にミルコは思い切り顔をしかめて、大袈裟なほど引いている仕草を見せた。

ミルコは昔から女性にモテる。彼のなにがそんなにいいのだろうか。

……やはりこの顔か？　それとも騎士の中でも特にたくましいその肉体か？

いや……色男のくせに「女に興味ありません」というようなクールな態度がいいのだろうか
……？

「うーん」

「さっきからなんだ。はっきり言ってくれ」

彼の頭から足先までをじろじろと見つめる俺に、ミルコは不快そうに息を吐いた。

風呂上がりでまだ髪が少し濡れており、部屋着の胸元からそのたくましさがわかる胸筋を覗かせているミルコの姿は、男の俺でも色気があるなと思う。だからやっぱり、シベルちゃんに蜂蜜レモンを届けさせなくてよかったと思ってしまう。

ミルコのこんな姿を見たら、きっと女性はみんなときめいてしまうのだろう……。

「今日のヨティとの手合わせのとき、シベルちゃんが君をぽーっとしながら見つめていた」

「……は？」

ミルコに覚えはないのか、間の抜けたような声で目を見開く。

「ただ、騎士の模擬戦を目の当たりにして感動したのだろう？」

「シベルちゃんのような女の子が騎士の試合を初めて見たら、普通怖がる」

「……肝《きも》が据わっているのかもしれない」

「ミルコは昔からすぐ女性の心を奪ってしまうからな」

「…………」

俺がなにを言いたいのか察したらしいミルコは、口を半開きにしたまま声を出さずに苦笑いを浮べた。

我ながら、とても子供っぽいことを言ったと思う。

しかしミルコとは子供の頃からの付き合いで、気を許しすぎてしまっているせいで、俺もついこういう態度を取ってしまう。

「後からそんなにいじけるなら、おまえも部下の相手をしてやればよかっただろう。格好いいところの一つや二つ見せておけ」

「ではミルコ、君とやる」

「……あのなぁ」

冗談半分で言ったその言葉に、ミルコはまたしても顔をしかめて深く息を吐いた。

「本気でやる気か、妬《や》くな。彼女は別に俺のことをぽーっとして見つめてなどいない」

「……そうかな」

「そうだ。そのレモンだって、彼女は先にレオのところに持っていったんだろ？　最初におまえのことを考えたという証拠だ」

友人のその言葉に、俺の気持ちはすぐに明るくなっていく。

「……そうか、そう言われてみれば、そうだな」

「というか、なんだ。まさか彼女に本気で惚れたのか」

「……」

そしてその質問の返答には、一瞬言葉を詰まらせてしまった。

散々焼きもちを焼いたというような態度を取ってしまった後だから、「そんなことない」と言っても、既に説得力がない。

しかし……。

自分でも驚いている。

先ほどは、シベルちゃんが自ら俺のところに訪ねてきてくれたのがとても嬉しくて、つい熱くなって自分の思いや考えを伝えてしまった。口に出したら、余計胸が熱くなった。

彼女の力になりたい。彼女の笑顔を守りたい。

自然と湧き上がるその想いの正体が、彼女に恋をしているからだということは、もう子供ではないのでさすがにわかる。

それでもシベルちゃんはいつも通りの明るい笑顔を見せて、逆に俺のことを心配するような顔をしていた。

本当に、なんていい子なのだろう……。

「二人きりで少しはなにか話したんだろ？」

「ああ、辛いことがあればいつでも俺が相談に乗ると伝えた」

「彼女はなんて？」

「とても可愛い笑顔で、『ありがとう』と」

「そうか」

「俺の想いは伝わっただろうか」

「伝わったんじゃないか？」

まるで思春期の子供のようにそわそわと、そんなことを聞いてしまった。

ミルコはハーブティーに口をつけながら空返事をしたようにも見えたが、そんなことが気にならないくらい、俺の胸はドキドキと高鳴っている。

俺はやはり、シベルちゃんのことが好きなのだ――。

◆考えたくもない

「アニカ、そろそろ妃教育を再開しないか？」

王城内の庭園にあるガゼボでお茶をしながら、真の聖女として僕と婚約したアニカに、窺うようにそっと問う。

「……どうしてですか？」

「君は王太子妃になるのだろう？」

「ええ。聖女なのだから、無条件でなれるでしょう？」

「そうだが……」

アニカは結局、あれ以来妃教育を拒み続けている。

確かに、この国では聖女が誕生したら王位を継ぐ者と結婚するという習わしがあるのだが――。

それでも歴代の聖女はみんな、ちゃんと王妃としての教養を身につけていた。

もちろん、シベルもそうなるべく、幼い頃から妃教育を受けていた。

シベルが妃教育を拒むところは一度も見たことがない。

確かにアニカのように僕の前で楽しげに笑ってくれたこともなかったが、それが未来の王太子妃として相応しい振る舞いであると僕も感じていた。

アニカは素直で可愛らしい女性だが、我儘《わがまま》が過ぎる。

少し強く注意されるとすぐに機嫌を損ねてしまうのだ。

最近は、王子である僕に対してもそうだ。

だから今もこうして、彼女が好きな紅茶とケーキを用意して、快晴で気持ちのよい青空の下、彼女の機嫌を確認してからこの話を持ちかけたのだ。

なぜ王子である僕がこんなに気を遣わなければならないのだろうか。

まったく、聖女だからと偉そうに。

……そういえばシベルは、僕に偉そうな態度を取ったことはなかったな。

まぁ、僕以外の前では取っていたのだろうが。アニカのこともいじめていたようだし。

しかし、二人は姉妹なのにあまりに違う。まぁ、血が繋がっていないのだから当然かもしれないが。

「それよりこのケーキ、もっといただきたいわ！」

「え！　まだ食べるのかい!?」

「いいじゃないですか。私は聖女なのですよ？　好きなものを食べさせてください。聖女は幸せでないと、その力が発揮されないのですから」

「……そうだが、最近少し食べすぎなんじゃ……」

言葉を選んでみたが、僕の視線にアニカは不快そうに眉根を寄せた。

「なんですか。私が太ってきたとでもおっしゃりたいの？」

「いや……まぁ、少し……」

「酷いわ、マルクス様！　どうしてあなたまでそんなことを言うのです……!?」

「あ……、いや、わかった。わかったから、もう好きにしたらいいよ……」

むっと不機嫌そうに頬を膨らませて怒り出してしまうアニカに内心で溜め息を吐き、僕は砂糖を入れていない紅茶を飲んだ。

クリームたっぷりのケーキと、新しくおかわりした紅茶に、たくさんの砂糖を入れるアニカを見ているだけで、胸焼けがする。

僕と婚約したばかりの頃は、小柄でスマートな、可愛らしい女性だったのに。

王宮で贅沢三昧しているアニカは、たった数ヶ月の間に、少し肥えた。

ダンスのレッスンも、すぐに「疲れた」と言って休むらしい。

確かに、聖女は幸せであればあるほどその力を発揮すると言われている。

だからって、ちょっと好き勝手しすぎではないか……？

アニカに合うような優しい教師も探してみたが、優秀な者はみんな「アニカは手に負えない」と言い、辞めてしまった。

もう、この我儘聖女を手なずけられる者がいるとも思えない。

しかし、彼女はこのまま形だけの妃になってもいいのか……？

僕は、父のように愛人を囲いたいとは思っていない。

父と愛人は、元々想い合っていた同士の二人だった。

だが相手の女性は、王妃として相応しい家の娘ではなかった。

だから父は仕方なく、母を正妃に迎えたのだが、母はそのせいで苦しんでいた。

父が自分を愛していないのは知っていたうえに、先に愛人のほうに子供が生まれてしまったのだから。

それから五年が経ち、ようやく僕が生まれた。母は僕を次期国王にするために尽力してくれた。

だから僕は、母の期待に応えるためにも、王太子にならなければならないのだ……！

どこにいるかもわからない兄が次期国王？　そんなこと認めるものか……!!　僕のほうが王に相応しいに決まっている!!

大丈夫。僕には聖女《アニカ》がいるんだ。いくらアニカに教養が足りないとしても、アニカが真の聖女なのだ。教養だけあるシベルとは違う。

あとは、父に僕の立太子を認めてもらうだけ――。

早く。早く王太子にならなければ。

――そう思って過ごしていたある日、突然王都に魔物が現れた。

王都を守っている第三騎士団の者たちがすぐに討伐に向かったため、被害は最小限に抑えられたが、王都に魔物が出るなどここ数年は一度もないことだった。

なぜなら二十年ほど前に亡くなった曽祖母以来の、聖女が誕生したからだ。

しかし、聖女《アニカ》が王都にいるのに、一体なぜ急に……？

まさか、聖女の力が弱まっているのか？

アニカに嫌がる妃教育を強要したせいだろうか……？


「――ええ!?　王都に魔物が!?　ここは大丈夫なんですか!?」

「ああ、第三騎士団の者たちが討伐したからもう大丈夫だ」

「よかった……」

その話を聞いて、アニカは城と自分の身を案じて怖がるだけだった。

その反応は、なんとも違和感のあるものだった。

聖女なのだから、もっと民の身を案じたり、自分がなにか役に立ちたい、というようなことを言うべきではないのか……？

それに、聖女は存在するだけでその地は平和になるはずだ。

まだ聖女の力が目覚めていないとしても、王都にアニカがいるのに、なぜ魔物が現れたのだろうか……。

そういえば、最近はシベルを送った辺境の地、トーリから魔物の被害報告がない。

シベルが向こうに行ってからは、ゼロだ。

「……まさか、たまたまだよな」

一瞬不穏な考えが頭をよぎったが、そんなはずはない。あってはならない。

だが念のため、トーリの様子を……シベルが今どうしているかを、調べさせるか。

隣国バーハンド王国に留学していた僕の幼馴染《おさななじみ》、リックが帰国した。彼ならシベルも顔を知らないはずだから、様子を見てきてもらおう。

だがもし、シベルが真の聖女だとしたら――？

「そんなことになったら、僕は終わりだ。聖女を追放したなど……」

考えたくもない。

いや、だがやはりそれはあり得ない。大丈夫だ。

シベルは一度も聖女らしいことをしたことがなかった。それに比べてアニカは――。

……アニカは？

結局僕はまだ一度も見ていないではないか。

聖女の力を使うところを、アニカの母親が見たと言っただけで、証拠はない――。

「……」

僕の背中を、嫌な汗が流れ落ちた。

◆私にとってはまるで楽園

その日のお昼過ぎ――私は退屈していた。

今日は珍しく、丸一日お休みをいただいている。

人が足りないとはいえ、私たち寮母にも一応お休みはある。いつも私が騎士様たちに会いたくて、お休みの日でも勝手に料理の配膳を手伝いに行っているのだけど、今日はもうそれも終わってしまったし、予定がない。

こういうときは騎士様たちの鍛錬《たんれん》を見に行くのだけど、今はそれもやってない。

「今日はなにをしようかしら」

レオさんやエルガさんはよく私に「ゆっくり休んで」と言ってくれるけれど、休むのは夜だけで十分なのである。

さすがの私だって、夜はちゃんと寝ている。

夜な夜な起きて、騎士様たちの部屋を回るようなことは、していません！

その代わり、せっかく憧れの騎士団の寮にいるのだから、昼間は大好きな騎士様たちを見ていたい。

「……トレーニングルームの掃除でもしようかしら」

自室のソファでごろごろしていた私だけど、突然閃《ひらめ》いた。

騎士様たちの訓練場は屋外と屋内両方にあって、天気のいい日は基本、外で訓練していることが多いのだけど、天気の悪い日や夜などは、屋内にあるトレーニングルームを使って筋トレなどをしているのだ。

その部屋の掃除は、手の空いている寮母が定期的に行う。

普段から騎士様たちは綺麗に使ってくれているから、掃除はたまにでいいのだけど、そろそろ掃除のタイミングだと思う。

今日は誰も使っていないだろうし、今がチャンスよね。

……まぁ、本当は誰かが使ってくれているほうが嬉しいのだけど、邪魔をしちゃ悪いから。

それでも皆さんが気持ちよくトレーニングできたら、私も嬉しい。

だからバケツに水を入れて、雑巾《ぞうきん》を持って、私はるんるん気分でトレーニングルームに向かった。

念のため、扉の前には〝掃除中〟の札を出しておく。

別に、誰か来てくれても全然いい……というか、むしろ大歓迎なのだけどね。

「よし！」

腕まくりをして気合いを入れて、トレーニングルームの扉を開け、中に入った。

レオさんの姿。

「あ……っ」

けれど、そんな私の目に飛び込んできたのは、部屋の奥のほうで腕立て伏せをしている――

「……っ！」

それもレオさんは、上半身裸だ。

ななな、なんという――!!

――ご褒美。

声も出ないくらい驚いて、心臓が跳ね上がり、一瞬にして鼓動が速まる。

「……～っ!!」

レオさんは、私に気づいていない。

よく見ると、片腕は背中に回し、片手だけでその大きな身体を支えている。

すごい……すごすぎる……!!

レオさんの身体が上下するたび、ポタポタと汗がしたたり落ちている。

きっと既に、かなりの回数をこなしているのだろう。

はぁぁぁあああ、素敵…………素敵すぎる……!!

想像していた以上にたくましいレオさんの身体は、直視したら倒れそうなくらい魅力的。

だけど、少し苦しそうに眉根を寄せて、「はっ、はっ」と短く息を吐き、とても真剣な表情で集中しながらぶつぶつと数を数えているその様子は、それ以上になにか胸に来るものがある。

いつも書類仕事に追われている団長様だけど、やはりトレーニングは欠かさないのだ。

確かレオさんも、今日はお休みだったはず。

彼もお休みの日でも結構仕事をしているように思うけど、空いている時間はこうして身体を鍛えているのね。

団長自ら、国のために日々こうして地道に努力しているのね。

本当に、忙しい方なのに……。

それを思ったら、胸の奥がきゅんと鳴った。

……なにかしら？　この感じは……。

たくましい筋肉にときめくのとは、なんとなく別の感覚のような——。

「あれ？　シベルちゃん？」

「あ……っ」

胸に手を当てて、この不思議な感覚に首を傾げていたら、レオさんに名前を呼ばれてはっとした。

「すみません……っ、声をかけようと思ったのですが、あまりに真剣だったので……」

「いや、なにかあったのか？」

「……ええっと」

あれ？　私、ここになにをしに来たんだっけ？　レオさんのトレーニングを見に来たのだったかしら……？

近くに置いてあったタオルを手に取り、それで額や首回りの汗を拭くレオさんに、つい目が向いてしまう。

「ええっと……」

「？」

ああ……っ、駄目……、なんて眩《まぶ》しいの……！　もうなにも考えられなくなってしまう……!!

立ち上がってこちらを向いたレオさんの姿は、とても直視できるものではない。

腕の筋肉も、胸筋も腹筋も……すべてが完璧。

私の理想通り、いや、それを遥かに超えた、まさに神の領域。造形品。国宝級。

レオさんとの間には少し距離があるのに、それでも私には刺激が強すぎる……!!

「ああ、そうか。すまない、見苦しいものを見せてしまった」

「いいえ!!」

かぁっと顔を赤らめて目を伏せた私に、レオさんは申し訳なさそうな声を出して置いてあったラフなシャツを着てしまった。

見苦しいものだなんて、とんでもない……!!

絵に描いて飾っておきたいくらいです。絵が下手じゃなかったら……！

いえむしろ、等身大レオさん人形が欲しいです……!!

「それで、どうしたの？」

「あ……」

シャツを着たからか、こちらに歩み寄ってくるレオさんだけど、汗で濡れた前髪をかき上げたその爽やかなお顔が、またなんとも色っぽい……。

「あ、もしかして掃除をしに来てくれたのかな？」

「はい……」

もう、レオさんの言葉が半分しか入ってこない。頭がふわふわしてきた。

「ありがとう。でも君は、今日は休みじゃなかったかな？」

「お構いなく……」

「？」

いつまでも見ていられる。

少し刺激が強すぎたけど、シャツを着てしまってちょっと残念……。

もっとよく見ておくんだったわ……。

「……もういっかい……」

「え？　なにが？」

「あっ、いえ、なんでもないです!!」

危ない。ぼんやりしすぎて、よだれが出るところだったわ。淑女として、それはいけないわよ、シベル。しっかりしなさい！

「本当にいつもありがとう。でもあまり無理をしないでね？」

「いいえ！　好きでやっているのです！　思いがけないご褒美もいただいてしまいました！」

「ご褒美って？」

「…………こっちの話です」

「？」

なんのことか理解していない様子のレオさんだけど、それ以上しつこく聞いてくることはなさそうだ。

「それじゃあ、俺は汗を流してくるから」

「はい！　いってらっしゃいませ！」

「シベルちゃんもほどほどにね」

「はい！　気をつけます！」

「うん？」

違う、レオさんが言っているのはそういうことではないわね。

いつも通りの優しい笑顔を残してトレーニングルームを出ていったレオさんだけど、私は先ほど見た真剣な表情のレオさんの顔が、しばらく忘れられなかった。

＊

「まぁ、新人さんですか？」

「リックです。よろしくお願いします」

その日、第一騎士団に新しい騎士様がやってきた。

まだ二十歳のリックさんは、何年も隣国であるバーハンド王国に留学していたらしい。

燃えるような真っ赤な髪と、ルビーのような赤い瞳が特徴的で、体格はミルコさんに並ぶくらい、ムキムキだ。それに、とても背が高い。レオさんやミルコさんよりも高いかも……。

リックさんは炎魔法が得意らしい。

みんな生まれながらに少なからず魔力は持っているけれど、ある程度の生活魔法が使えるくらいの者が多く、戦いで役立つほどの炎魔法が使える人は、騎士団にもそういない。

リックさんが留学していたバーハンド王国に聖女はいないけど、その代わり魔法の技術がとても発展していて、その力で魔物から国を守っているのだ。近年では我が国グランディオでも魔法を学ぶ者が増えていて、リックさんも魔法の勉強をされてきたというわけだ。

「とても頼もしい新人さんが入りましたね！」

夕食の後、レオさんにリックさんを紹介してもらった。「失礼します」と丁寧に頭を下げてその場から去っていくリックさんの背中を見送りながら、私はレオさんに微笑みかける。

「ああ……そうだね」

「？」

けれど、同じようにリックさんの背中を見送っているレオさんは、あまりいい顔をしていなかった。

なぜかしら？

「……それよりシベルちゃん、今日の仕事は何時頃終わりそうだい？」

「えっと……今日はもう片付けだけなので……あと一時間もあれば」

「そうか。では、俺もそれくらいを目処《めど》に残りの仕事を片付けてくるから、その後少し話さないか？」

お話？　レオさんと？

「はい、わかりました」

なにかしら？　レオさんは、私になにか話があるの？

なんとなく緊張の色を顔に浮かべているレオさんに、私はこくりと頷いた。

「よかった。それじゃあ、また後で――」

話ってなんだろう。もしかして、私はなにかやってしまったのだろうか……。

そんな不安を抱きつつ、食堂の隅のほうでレオさんと向き合っていたら、レオさんの背後から騎士様たちのとても元気な笑い声が聞こえた。

――と、思った途端。

「うわ!?」

「……っ!」

突然、レオさんがすごい勢いで私に迫ってきて、ドンっと思い切り壁に手をついた。

「あ……っ、団長、すみません!」

「…………っ!?」

レオさんの後ろから、誰かの謝罪の声が聞こえたけど、それどころではない。

私は今、レオさんに、壁にドンってされている。

レオさんの大きな手が、太い腕が、私の顔の横にある。

つい、レオさんが上半身裸で腕立て伏せをしていたあのときのことを思い出し、一瞬にして顔に熱が集まった。

「……あ」

そして少し視線を上げると、目の前の、すごく近い距離にレオさんの整ったお顔がある。

レオさんも驚いていているみたいで、目を見開いて、私をまっすぐ見つめている。

「…………あの、レオさん」

「……っすまない!!」

たぶん、時間にしたらほんの数秒のことだったと思う。

けれど、レオさんがそこから離れるまでの時間が、とても長く感じた。

一瞬、時間が止まってしまったのかと思った。

だってレオさんが、そのまま固まってしまったみたいに動かなかったから。

「こんなところで騒ぐな！　危ないだろう!?」

「すみません団長。シベルちゃんも、大丈夫？」

「あっ、はい！　私は大丈夫ですよ」

どうやら、ふざけ合っていた騎士様が勢い余ってレオさんにぶつかり、彼の背中を押してしまったらしい。

あー……びっくりした。レオさんに突然迫られたのかと思っちゃった。

そんなわけないし、こんなことはもう二度とないだろうから、役得だったわ。

……ありがとうございます。

「本当にすまない、シベルちゃん。どこも痛くないだろうか？」

「私は本当に大丈夫ですよ」

レオさんが咄嗟《とっさ》に壁に手をついてくれたから、私はどこも痛くない。

驚いて後退って、背中が壁についたけど、別に痛いというほどではなかったし。

……むしろもっとぶつかってきてくれてもよかったのですよ？

レオさんのあのたくましい身体に押しつぶされるなら、本望です……。

……なんて、いけないわシベル。

またよからぬことを考えてしまった。今は駄目よ、そんなことを考えちゃ。まだ目の前に本人がいるのだから。

「それでは私は片付けをしてきますので、後ほど」

「あ、ああ。それじゃあ、いつもの中庭で待ってるよ、シベルちゃん」

「はい」

思いがけないご褒美があってドキドキしてしまったけど、まだ仕事は終わっていない。

もしかしたら私がいつも騎士様たちを変な目で見ているのがばれて、怒られてしまうのかもしれない……。

そしたらちゃんと謝って、私の気持ちを正直に話そう。

だけどとりあえず今は夕食の後片付けを終わらせるべく、私は調理場へと向かった。

＊

「――シベルちゃん」

「リックさん」

レオさんと待ち合わせした場所は、中庭のベンチ。

ここはよく、洗濯物を干すのを手伝ってくれるレオさんと休憩する場所。

夕食の後片付けが案外早く終わって先に待っていた私に声をかけてきたのはレオさんではなく、新人のリックさんだった。

「どうされたのですか？」

「シベルちゃんの姿が見えたから」

言いながら、私の隣に腰を下ろすリックさん。

「あ……、今日初めて会ったのにいきなりシベルちゃんなんて呼んでごめんね。馴《な》れ馴《な》れしかったよね。みんなそう呼んでいたから、つい……」

「いいえ、構いませんよ。お好きなように呼んでください」

「そう？　ありがとう」

リックさんはとても爽やかで、礼儀正しい好青年。ここに来たばかりで、きっとまだ色々と慣れていないことも多いと思う。

私がここに来たばかりの頃、皆さんが優しくしてくれたように、私もリックさんに優しくしたい。

「シベルちゃんは、こんなところでなにをしているの？」

「私はちょっと……人と待ち合わせをしていて」

本当に、レオさんは私となんの話があるのだろうか。やっぱりばれたのかしら。私が騎士様たちを変な目で見ているって……。

「こんな時間にこんなところで？　……あ、もしかして、逢い引き？」

「え？」

アイビキ……？　それは、どういうことですか？

「相手は誰？　シベルちゃん、第一騎士団の中に恋人がいるの？」

「いえ……、そういうのでは――」

にっと口角を上げて顔を寄せてきたリックさんに、私は慌てて手を前に出し、否定する。

まさか、私に恋人なんているはずがない。しかも、騎士団の中に恋人なんて――。

騎士様が恋人だなんて、考えただけで卒倒しそうだわ。

「でも、これだけ男がいたら、いいなと思う人くらいいるんじゃない？　もしくは、誰かに迫られてたりして」

「いいえ、まさか！」

私は皆さんのことが好きだけど、騎士様たちは本当に紳士的で優しい人ばかり。

私はもちろん、あんなに美人なエルガさんだって、無理やり迫られたりなんてしていないと思う。そんな話は寮母の誰からも聞いたことがない。

「シベルちゃんは、気になる人とか――」

「シベルちゃん」

リックさんは、随分ここの恋愛事情に興味があるのね。

そう思っていたら、リックさんの声に被せるように、鋭く低い男性の声が私を呼んだ。

「レオさん」

「なにをしている、リック」

そちらに顔を向けると、レオさんが珍しく怖い顔でリックさんのことを睨んでいた。

「……別に、ここのことを色々聞いていただけですよ。それよりシベルちゃんが待っていた相手って、団長だったんですね」

そこで、リックさんは息を吐きながら私から離れるように立ち上がった。

……リックさんは恋愛話に興味津々だったせいで、私と結構距離が近かったみたい。

「話は済んだのか？」

「はい。別に大した話ではなかったので」

最後に私に向かってにこりと微笑むと、リックさんは「またね、シベルちゃん」と言って去っていった。

「……シベルちゃん、ごめんね、遅くなってしまった」

「いいえ、私が早く来すぎただけですよ」

「彼に、なにかされていないか？」

「え？　なにもされていませんよ」

リックさんがいなくなると、今度はレオさんが私の隣に座って、心配そうにそう聞いてくる。

「では、なにか変なことを言われなかったか？」

「変なことですか？」

うーん。特に言われてないと思うけど。リックさんは私と恋話《こいばな》がしたかったのかしら。結構ロマンチストな方なのね。

「変なことも言われてませんよ」

「そうか……なら、いいのだが」

「？」

レオさんったら、どうしたのかしら。

そんなこと聞くなんて珍しいわ。それに、少し余裕がないようにも見えるし。

「……だが、彼には気をつけて」

「え？　どういう意味ですか？」

「うん……俺たちもどういう意図で彼がここに送られてきたのか調べているところだが、なにもないこの時期にいきなり王都から騎士が一人派遣されるなんて、ね」

「？」

言葉を濁すレオさんに、私はつい首を傾げてしまう。

「よほど優秀な方ということですね！」

「いや……うん。まぁ、それはそうなのかもしれないが……」

「？」

騎士団の事情にはあまり詳しくないけれど、なにか問題があるのだろうか？

察しが悪くて、すみません。

「……まぁ、何事もないとは思うが、彼とはあまり二人きりにならないほうがいいかもしれない」

「……そう、なのですか？」

やっぱり、レオさんが言っていることがいまひとつ理解しきれていないけど、団長様がそう言うのだから、そうしようと思う。

「それで、レオさんは私に話があるのですよね？」

「え……ああ、話があるというか……」

「はい！　なんでしょうか」

「……なにというか……」

レオさんは、少し気まずそうに視線を泳がせた。

やっぱり、団長として私に注意したいことがあるのかもしれない。

でもレオさんは優しいから、言いにくいのかな……。

「……あの、遠慮なさらずおっしゃってください。覚悟はできています」

「え？　覚悟？」

「はい。私は寮母という立場を利用して、少し調子に乗りすぎていたかもしれません」

「……は？」

「本当にすみません。以後気をつけます。でも……、これが私の唯一の楽しみでして、その……今後はあまり皆さんのご迷惑にならないよう控えますので、どうか追い出さないでいただけないでしょうか？」

「いや、ちょっと待って！　シベルちゃんを追い出す？　まさか！　君はいつもとてもよくやってくれている!!　君はなんの話をしているんだ？」

「……あれ？」

そうなの？

混乱している様子のレオさんに、どうやら勘違いだったらしいことを悟る。

私が早とちりしてしまっただけのようだ。でも、それじゃあ、一体レオさんの話って？

「……俺はただ少し、君と話がしたいと思ったんだ。特に用はない……」

「まぁ」

「……疲れているのに、迷惑だっただろうか？」

「いいえ！　迷惑なわけありません！」

むしろ大歓迎。だけど、用があるわけじゃないのに私と話がしたかったなんて、どうしてだろう……？　本当に光栄だけど。

「よかった」

「……」

不思議に思っている私の目を見て嬉しそうに笑ったレオさんの顔に、胸の奥がきゅんと疼いた。

＊

次の日の夜、食堂でリックさんの歓迎会が行われた。

そんなに盛大なものではないけれど、私のときのようにみんなで食事をとって、ワインが開けられた。

その後も翌日休みの人が何人かと、リックさん、レオさん、ミルコさん、ヨティさんらが残って、今もお酒を飲んでいる。

「皆さん、こちらよろしければ」

そんな場に、私は切り分けたチーズとナッツを大皿に乗せて持っていった。

「お！　ありがとう、シベルちゃん！」

「さすが、気が利くねぇ」

「いいえ。皆さんとても楽しそうですね」

「シベルちゃんも一緒に飲む？」

「いいえ、私は遠慮しておきます」

皆さん、もう既に結構酔っているご様子だ。いつもより更に声が大きくて、陽気で、とても楽しそう。

……私も皆さんに混ざりたい気持ちはあるけれど、見ているだけで十分楽しいです！

「え～？　シベルちゃんも一緒に飲もうよ。ほら、俺の隣空いてるよ？」

「ヨティさん、随分飲まれてますね」

「まだまだ！　酒が飲めなくて騎士が務まるかぁ！」

「まぁ」

いつも以上に陽気なヨティさんの頬は赤く染まっている。

王都ではこういう賑やかなお酒の場には遭遇する機会なんてなかったから、やっぱりいるだけでとても楽しい。しかも、この方たちは全員騎士様なのだから、私にとってはまるで楽園。

「ヨティ。あまりシベルちゃんに絡むな」

「なんすか、団長、焼きもちっすか？　とか言いながら、本当は団長が一番シベルちゃんと飲みたいんすよね～？」

「そ、そんなことはない!!」

レオさんとヨティさんって、本当に仲がいいのね。まるで兄弟みたいだわ。

「嫌がる女性に無理に酒を勧めるのはよくないと言っているんだ」

「シベルちゃんって、お酒嫌いなの？」

「嫌いというか……弱いので。皆さんにご迷惑をかけてしまっては大変ですからね」

ヨティさんからの質問には、淑女らしく微笑んで答えておく。

「え？　シベルちゃんお酒弱いんだ！　へぇ～、可愛い。酔ってるシベルちゃん見たいっすよね、団長」

「ヨティ、いい加減にしろ。シベルちゃんが困っているだろう」

「うふふふふ」

飲んでも構わないのだけど、私が酔ったら困るのは、たぶんヨティさんたちのほうですよ？　だってきっと、本性を出して絡んでしまうから……。それでもいいですか？

「すまないね、シベルちゃん。こいつらに付き合っていたらいつまでも眠れないから、先に休んでくれ」

「ありがとうございます。では、空いたボトルを下げたらそうさせていただきますね」

レオさんのお気遣いに頷いて、テーブルの上に転がっている空のボトルを手に取る。

「いーや、俺のほうが強いに決まってる！」

「いやいや、俺ですよ」

「よーし！　そんなに言うなら勝負だ!!」

けれど、またヨティさんの大きな声が聞こえて、彼のほうを振り向いた。

するとなにやら、リックさんとテーブルを挟んで向かい合い、肘をついて手を握り合う二人。

「……？」

途端に、周りにいた方々も二人に注目して盛り上がった。

一体なにが始まるの？

「いいぞ！　いけ！」

「頑張れヨティ！　どうした、ほら！　押されてるぞ！」

肘を立てて握られた右手。まくられた袖。二人とも歯を食いしばっていて、腕に筋が浮いている。

まぁ……！　これはアームレスリングね!!　なんていいものを見られるのかしら……!!

思いがけないご褒美に、私は目を輝かせて二人に熱い視線を注ぐ。

ああ……本当にたくましい腕……!!　もっと近くで見たい……!!

「……っあーっ、くそ!!」

「ほら、やっぱり俺の勝ちですね」

空いているボトルを取るふりをして、さりげなく二人に近づく。

すると、やがてヨティさんの手の甲がテーブルにつき、勝敗は決した。

勝ったのはリックさんだ。

「もう一回だもう一回！　今はあまり力が入れられなかったんすよ！」

「何度だって相手になりますよ」

「次は本気でいくからな、覚悟しろよ新人！」

負けたヨティさんは、ますます顔を赤くさせると、着ていたシャツを突然ガバッと脱いでしまった。

「!?」

「よーし、これで本気を出せる！」

ちょ……、ちょっと、ちょっと待ってください、脱ぐなんて聞いてません……!!

ヨティさんは騎士の中では細身なほうだと思っていた。けれどとんでもない。思っていたより十分立派で、引きしまったとても綺麗な筋肉がついている。

先日レオさんの身体を見てしまったときよりもっと近い距離であることに、私の顔は一瞬にして熱くなる。

「あら……シベル、大丈夫？」

「は、はい……っ」

動揺と混乱で思わず顔を背けてしまった私に、同じようにこの場にいたエルガさんが歩み寄ってきてくれた。

……大丈夫じゃありません!!　心の準備もなく、突然それは……美味しすぎます!!

ちょっと待ってください。今深呼吸してから、もう一度見ますから!!

辺りにはアルコールの匂いが漂っているし、それだけで酔ってしまいそう。

それに、口元がにやけてしまいそうになるのを堪《こら》えるのに必死だ。もう、手で覆って隠してしまおう。

「おいおいおい、シベルちゃんがいるのになにをしているんだ。服を着ろ、ヨティ！」

そんな私の耳に届いたのは、溜め息交じりのレオさんの声。

「あ、シベルちゃん、ごめん」

へへへ、と笑っているヨティさんの声に、私は手のひらで口元を覆いながらちらりと視線を上げる。

「すまないね、シベルちゃん。ここは男ばかりなものだから、どうも酒が入ると気が抜けてしまいがちで……」

「い、いいえ……！　私は大丈夫です！」

けれどまた、レオさんが溜め息交じりに口を開いた。

ヨティさんはなにも悪くない。楽しいお酒の場なのだから、全然構わない。誰にも迷惑はかかっていないし、私だって大歓迎なのです……！

ただちょっと、心の準備が必要だっただけで――。

「……エルガも、あとはいいよ。シベルちゃんを部屋に連れていってあげてくれ」

「はい」

「あ……」

まずは心を落ち着かせましょう。そう思って深く息を吐いていたら、エルガさんに「行きましょう」と言われて、私は食堂から連れ出されてしまった。

最後にもう一度だけ……！

そう思って、ちらっとだけ振り返ったら、レオさんと目が合った。

「…………」

レオさんは、こちらを心配そうに見ていたのだ。

だからそのままにこりと笑みを返して、すっと視線を前に戻す私。

……ヨティさんの身体をもう一度見ようとする、変な女だと思われてしまったかしら……？

ああ……もう。欲を出すからよ、シベル。

「ごめんなさいね、あなたは先に戻らせればよかったわ」

「いいえ。それより、エルガさんは平気なんですね」

レオさんもエルガさんも私のことばかり心配しているけれど、エルガさんだってまだ若い女性だ。他の寮母の方たちは私より十歳や二十歳くらい年上だけど、エルガさんは未婚だし、年齢は二十歳と言っていた。

「ええ。私はああいうことは慣れているから。でもシベルはまだここに来たばかりだものね。でも、これからもああいう場に遭遇してしまうことはあるかもしれないわ。あの人たち、結構自由だから」

「えっ……そうなんですか!?」

よくあることなんですか!?

「ええ、気をつけるように言っておくわね」

「いえ!!」

「え？」

エルガさんのその言葉には、思わず思い切り否定してしまった。

「あ……その、私のせいで皆さんが窮屈《きゅうくつ》な思いをしてしまうのは申し訳ないので、これまで通りで大丈夫です！」

「……でも」

「私が気をつけます！」

「……そう、あなたって本当にいい子ね」

「う、うふふ、そんなことないですよ、うふふふ……」

にこりと優しく微笑むエルガさんの笑顔に、少しだけ良心が痛んだ。

◆今すぐにでも妻にしたい

シベルちゃんは本当に純真無垢で、穢《けが》れのない清い心を持った女性だ。

先ほど、酔っ払ってリックと力比べを始めたヨティが、勢い余ってシャツを脱いでしまった。

近くでそれを見たシベルちゃんは、顔を真っ赤にして咄嗟に目を伏せていた。

当然だ。彼女はずっと妃教育に明け暮れ、王子と婚約していた清い娘だ。

男の裸など、当然見慣れているはずがないし、見たくもないだろう。

だがそれを言うなら、俺も先日不本意ではあるが、彼女の前で身体をさらしてしまったな。

本当に申し訳ないことをした……。

やはり俺たちは、女性と一緒に生活しているということをもっと意識したほうがいい。

ヨティもすっかり酔いつぶれていたから、あの場はそのままお開きとさせた。

しかしシベルちゃん……あんなに顔を赤らめて、恥ずかしそうに手で覆い、目を伏せて――。

あのときの彼女の反応を思い出すと、愛らしくて、胸が締めつけられる。

とても純情で、本当に可愛い女性だ。

更に彼女のことが好きになってしまった。

あんな子が、こんな男ばかりの寮にいるなんて、本当は辛いだろう。改めて申し訳なく思う。

それでも俺たちを気遣って「大丈夫」と言ってくれる彼女は、本当にいい子だ。

感謝しなくては。


「あれ？　今日はシベルちゃんいないんすか？　珍しいっすね」

翌日の昼食時。今日は非番のヨティが食堂に入るなり、きょろきょろと辺りを見回して言った。

彼は昨日あれだけ飲んでいたというのに、けろっとしている。

「シベルちゃん、今日は午後から休みだろ」

「あ、そうなんすね。……っていうか団長、シベルちゃんの勤務時間、しっかり把握してるんすね」

「いや……！　それは、団長として、みんなのスケジュールを把握しておく義務がだな」

「はいはい、そういうことにしておきますよー」

「本当だぞ!?」

俺は基本的に、いつもここで昼食をとる。

部下たちは外に出ている者が多いから、昼食時の食堂はいつも人が少ない。

だから、実はシベルちゃんとも話ができるチャンスなのだが……彼女は今日はいないようだ。

休みでも配膳を手伝いに来ることが多いから、確かに姿が見えないのは珍しい。

「シベルちゃん、なにしてるんだろう？　俺も暇だし、デートにでも誘ってみようかなー」

「なに!?」

俺と並んで席に着いたヨティから発せられた言葉に、俺は過剰に反応してしまう。

「冗談っすよ、団長に目ぇ付けられたくないんで」

「……まったく、君は」

彼は俺の反応を楽しむようにカラカラと笑って毛先の跳ねた金色の前髪をくるくると指で巻いた。

「俺もここ、いいですか？」

「ああ……」

そんな俺たちと同じテーブルにやってきたのは、新人騎士のリック。

彼は突然、王都から派遣されてきた。

今までは隣国バーハンドに留学して魔法を学んでいた、一見優秀な男なのだが……。

なぜ今突然第一騎士団に派遣されてきたのだろうか。

トーリはここ最近、魔物の被害がなく、落ち着いている。

むしろ、数日前に入った情報によると、先日数年ぶりに王都に魔物が出たようだ。

王都には真の聖女《アニカ》がいるのになぜ魔物が出たのか……。

王宮には第二、第三騎士団がいるから大きな被害はなかったようだが、もしこのようなことが続けば俺たちが呼び戻されることもあるかもしれない。

……というか、やはり王都からシベルちゃんがいなくなったせいで、このようなことになったのではないかと、俺は思っている。さすがにマルクスも不安になっているのではないだろうか。

そう考えると、リックはマルクスから送られてきた密偵ではないかと思う。

「シベルちゃんって、だいたいいつも食堂にいるんですか？」

「ああ、シベルちゃんは料理担当だから。休みでも手伝ってくれたりするし、本当に働き者でいい子だよ。ね、団長」

「あ、ああ……そうだな」

俺が真剣に考えごとをしている横で、リックとヨティが呑気《のんき》にシベルちゃんのことを話している。

「へぇ……シベルちゃんってみんなに好かれてるんですね」

「あの子を嫌いな奴なんていないって。料理は上手いし、いつも明るくて元気で優しくて頑張り屋で、それに可愛いし。あ、でもあんまり言うと団長が妬くから、ほどほどにしないと」

「ヨティ！」

また、笑いながらそんなことを言ったヨティの言葉を聞いて、リックは「へぇ」と意味深に頷いた。

「団長はシベルちゃんのことが特別に好き、ということですか」

「いや、なんというか――」

「そうそう、だからシベルちゃんに手を出しちゃ駄目だぞ？」

「ヨティ！」

「なんすか、新人にもちゃんと教えておかないと。団長、奥手だから」

「……君は本当に」

ヨティは悪い奴ではない。こう見えていつも稽古には真剣に取り組んでいるし、若くして第一騎士団のエースと言われているだけのことはある、仕事熱心な男だ。

だがどうも、ノリが軽くて調子が狂う。

ヨティは俺の弟と同い年だが、弟とは性格が違う。

まぁ、弟とは全然話したことがないから……俺はヨティのことを弟のように思っている節があり、なんだかんだ彼のことが可愛いのだ。

そういえば、リックも彼らと同い年だな。

「シベルは今、団長の部屋を掃除してくれていますよ」

「え？」

そんな俺たちのところに、大量のショートパスタが乗った大皿を運んできた、エルガが言った。

「手伝いますよ」

「ありがとう」

トマトソースで味付けされたショートパスタを率先して皿に取り分けてくれているリックを横目に、俺はエルガに問いかける。

「シベルちゃんが俺の部屋を？」

「はい。実は掃除担当の者が風邪を引いてしまって」

「なに？　大丈夫なのか？」

「大したことはないのですが、大事をとって今日はお休みにしました。それでシベルが代わりにやると言ってくれて」

「ああ……なるほど」

俺たちは普段、自室の簡単な掃除は自分たちで行っている。

だが毎日数人の部屋を順番に、寮母がしっかりと掃除してくれるのだ。定期的に大掃除をしてもらえるので、普段は簡単な掃除だけで大丈夫というわけだが……。

シベルちゃんは本当に働き者だな。

俺の部屋の掃除なんて、いつでもいいのに。

「たまには休めばいいものを……ちょっと様子を見てくる。後で食べるから、俺の分は残しておいてくれ」

「あー、団長。シベルちゃんに見られたらまずいものでも置いてあるんすか？」

「そんなものあるはずないだろう‼」

……たぶん。

からかってくるヨティに大声で否定したが、下穿《したば》きをそのままにしていたりしなかっただろうか……？

それを彼女に見られるのは、なんとも照れくさい。

いや、決して他の寮母になら見られていいというわけではないのだが……。


「――シベルちゃん」

「あ、レオさん」

扉の開いていた俺の部屋を覗くと、シベルちゃんが一生懸命床を磨いてくれているところだった。

それも、モップなど使わず、雑巾で。

「すまないね、君は午後から休みだろう？」

「いいんですよ、これくらい！」

部屋に入り、彼女に声をかけて近づくと、シベルちゃんはそう言ってにこりと笑った。

シベルちゃんのその明るい笑顔に、俺の胸はぐっと熱くなる。

本当に、彼女はまったく嫌そうな顔をしていない。

それも、俺が声をかける前から。ただ一生懸命床を磨いていたのだ。

……なんていい子なのだろう。掃除なんて大変だろうに。彼女は本当に健気で、とても可愛い……。

「……レオさん？」

胸の奥が、きゅーっと摑まれるような感覚を覚えた。

健気なシベルちゃんを思っていたら、俺の身体は自然と彼女に近づき、膝を折って視線を合わせ、床を磨いていたその手に自分の手を重ねるように触れていた。

「ありがとう、シベルちゃん。水が冷たいだろう？」

近くに置いてあるバケツの中身は、きっと水だ。彼女の手はとても冷たく、指先が少し赤くなっている。

「……大丈夫ですよ、これくらい。それよりいつも頑張ってくださっているレオさんたちが、少しでもお部屋で疲れを癒やせるなら、私も嬉しいです」

「……シベルちゃん――」

な、なんていい子なんだ……!!　こんないい子、他にいるか!?　いや、いない!!

キラキラと輝いて見える彼女の笑顔に、嘘はないだろう。

彼女のこれまでのことを思うと、本当に泣けてくる。

今までどれだけ酷い仕打ちを受け、それをどんな思いで受け止めてきたら、こんなことが言えるのだろうか。それも、こんなに無垢な笑顔で……!!

胸を打たれる。愛おしく思わないほうがおかしいくらいだ!!

「俺もいつも頑張ってくれている君に、もっと癒やされて欲しいと思っている」

「まぁ」

心の底からそう思う。今すぐにでも妻にしたい。こんなむさ苦しい男ばかりの騎士団の寮で働かせることなんて辞めさせて、もっと安全な場所で、いい暮らしをさせてやりたい。

好きなことだけをして、好きなものを食べて、幸せに生きて欲しい。

……だが、今の俺になにができるだろうか。

「ありがとうございます、そのお言葉に、私はとても癒やされました」

だが、再びにっこりと微笑みながらそう言ってみせたシベルちゃんに、俺の胸はまた鷲掴みにされた。

う……っ。可愛い……!!

「そうだ、なにか食べたいものはないか？」

「え？」

シベルちゃんはいつも本当に美味しそうに食事をする。きっと今まであまりいいものを与えてもらえなかったのだろう。

だから、彼女が食べたいものを食べさせてあげたい。

「いつも美味しい食事をいただいてますよ」

「そうだが……君はなにが好きだ？　甘いものは好きか？」

「……？　なんでも好きですが、甘いものも好きです」

「そうか」

よし。今度街に行って、ケーキを買ってこよう。

ヨティが街に新しくケーキ屋ができたと言っていたな。しかもすごく人気なのだとか。そこのを買ってこよう。

「今日は昼食をとったのかい？」

「いえ、これからですが……」

「では、掃除はもういいから、一緒に食べよう。今日はトマトソースのショートパスタだった」

「はい……」

そう言って一緒に立ち上がり、バケツを持って部屋を出ようと歩き出した俺の後ろで、彼女は「あ……」と小さく声を漏らした。

なにかと思って振り返ると、彼女はベッドの上に無造作に置いてあった白い布を拾い上げた。

「これ、洗濯物ですよね？　洗いに出しておきますね」

「ああ、すまない――」

やはり、今朝着替えたものをそのままにしてしまっていたのか。

俺としたことが、今日掃除が入る日だということをすっかり忘れていた。

「だが、それは自分で持つよ」

彼女が持ち上げたのは、寝ているときに着ていたシャツだ。

汗もかいているだろうし、そんなものをシベルちゃんに持たせるのは照れくさい。

だから一度バケツを置いて、彼女の手からそれを受け取ろうとした。

しかし、なにかがぽとりと、床に落ちた。

「……？」

「あ……」

それがなんであるかは、視線を落とした瞬間に悟る。

「なにか落ちましたね」

「…………!!」

だから俺より先にそれを拾おうと屈《かが》んだシベルちゃんに、俺は慌てて手を伸ばした。

「大丈夫だ……!!」

「えっ？」

「さぁ、行こうか。あ、それも俺が持つから」

「あ……っ」

今落ちたのは、間違いなく下穿きだ。彼女が気づいていないようで、助かった……。

それでも洗い物をすべて受け取り、バケツを持ち直して、熱くなっている顔をシベルちゃんに見られないようまっすぐ前を向いて、今度こそ部屋を出た。

◆レオさんも食べたかったのよね？

「ごめんね、シベル。本当は休みだったのに」

「いいえ！　どうせやることもないですし、私は元気なので！」

「本当にありがとう」

寮母の先輩が一人、風邪を引いてしまった。

午後からお休みだった私は、お昼にパン粥を作って様子を見に来た。

早くよくなりますように。そう思って作ったから、これを食べて元気になってくれたらいいのだけど。

その先輩の担当は、騎士様たちのお部屋のお掃除で、今日はレオさんの私室の掃除をする日だった。

私は暇だったので、先輩の代わりにお仕事を引き受けることにした。

レオさんの私室に、私が入っていいのだろうか……!!

そんなドキドキを胸に抱きつつ、「これは仕事」と何度も呪文のように繰り返して、レオさんが個人的に使っているお部屋にお邪魔した。

この時間はもう、レオさんはお仕事に出ているから、当然留守だ。

だけど、数時間前までレオさんがここにいて、ここで寝ていて、ここで着替えをしていたのかと思うと……！

どうしたって私も熱が出てしまいそうだった。

駄目。駄目よ、シベル。これはご褒美ではなく、仕事なんだから！

もう一度自分にそう言い聞かせて、早速お掃除を開始した。

床の埃《ほこり》を掃いたら、雑巾で磨く。

レオさんのお部屋は全然汚れていなかった。普段、寝るためにしか使っていないのだろうなと思う。

だけど、この空間でレオさんが一日の疲れを癒やしているのかと思うと……たぎる。……じゃなかった、もっと疲れが癒えるように、頑張って綺麗にしようと気合いが入る。

ベッドは見ないようにした。

だって見てしまったら、色々と想像が膨らんで仕事に集中できなそうだから。後でご褒美に、ゆっくり拝ませてもらおうと思う。

それを楽しみに、鼻唄を歌い出したい気持ちで床を磨いていたら、この部屋の主、レオさんがやってきた。

お掃除担当ではない私が掃除していると聞いて、わざわざ来てくれたらしい。

レオさんの瞳から、とても感謝してくれていることが伝わってきた。

そして掃除はもういいから、昼食を一緒にとろうと誘ってくれたレオさんに、私は素直に頷いた。

最後に一回だけ、とベッドに目を向けたら、その上に脱いだまま放置されているシャツを見つけた。

……レオさんの寝間着……!? これはきっと、洗い物よね？

そう思って手に取り、ぎゅっと抱きしめたくなる衝動をなんとか堪えてレオさんに声をかけたら、残念なことに自分で持つと言われてしまった。

気にしなくていいのに……。そう思ったけど、今朝脱いだものに対して「いいえ！ 持ちます!!」と、あまりしつこくして変な女だと思われるのも困る。

なので素直に渡そうとしたら、ぽとりとなにかが落ちた。

なにかしら？

と、拾い上げようとした私より先に、ものすごい勢いでレオさんの手が伸びて、それを回収してしまう。

不思議に思いつつも、そのままこちらに顔を向けずにずんずん歩いていってしまうレオさんの背中を追った。

＊

「シベルちゃん！」

「はい、レオさん」

翌日のお昼過ぎ。一人で休んでいた私のところに、レオさんが急いだ様子でやってきた。

「今、大丈夫？」

「はい、どうされましたか？」

「これ、よかったらお茶でもしながら一緒に食べないか？」

「まぁ」

そう言ってレオさんが差し出してきた箱の中には、ケーキが入っていた。

白いクリームに覆われて、果物が乗った、大きなケーキ。

「もしかして、レオさんが買ってきてくださったのですか？」

「ああ、新しくできた店なのだが、とても美味しいと評判で」

「まぁ……」

それじゃあ、きっと買うのも大変だったのではないかしら？　新しくできた人気店なら、もしかしたら並んだかもしれない。

「ありがとうございます。今お茶を淹れてきますね」

「ああ！」

レオさんって、本当に優しい方よね。

昨日、甘いものは好きかと聞かれたけれど、まさかケーキを買ってきてくれるなんて。それもこんなに早く。

「あらシベル、どうしたの、そんなにご機嫌で」

鼻唄を歌いながら紅茶を用意していた私に、エルガさんが話しかけてきた。

「あ、エルガさん。実は今、レオさんがケーキを買ってきてくださって」

「ケーキ？」

「はい。なんでも新しくできた人気店のケーキだとか」

「まぁ、あの角にできたお店かしら？　すごいわ、あそこは朝早くに並ばないとすぐに売り切れてしまうのよ」

「そうなんですか？」

そういえば、今朝はレオさんの姿が見えなかったけど……そのせいだったのね。

「ええ!?　あのお店のケーキ？　すごいわね、さすが団長！　みんなも呼んでくるわね！」

すると、私たちの会話を聞いていた寮母の先輩が、嬉しそうに頬をほころばせて手を合わせた。

本当に、どうしてわざわざそこまでしてくださるのかしら。

そんなことを考えている間に、先輩は寮母たちを全員連れてきた。

風邪を引いていた先輩も、「シベルが看病してくれたおかげですっかり治ったわ！」と、驚異の回復力を見せていた。

ケーキは大きかったし、私一人だけでいただこうなんて思っていないので、紅茶もたくさん用意する。

「団長！　ケーキ、いただきますねぇ！」

「――あ、ああ……どうぞ」

食堂で座って待っていたレオさんは、私たちが来た気配にばっと後ろを振り返り、寮母全員がいる光景に目を見開いた。

レオさんの許可もなく連れてきてしまったのはまずかったかしら？

「すみませんレオさん。私は少しでいいので……」

「いや、君に買ってきたんだ。俺の分はいいから、シベルちゃんにはちゃんと食べて欲しい」

「あ〜！　なんですか、団長！　シベルにだけ買ってきたわけじゃないですよねぇ？」

「え、いや……、まさか！　日頃の感謝を込めて、寮母のみんなでどうぞ」

「わぁ、ありがとうございます！　いただきましょう！」

先輩寮母たちの気迫に押されているように椅子から立ち上がり、その場から一歩後退するレオさん。

「……」

きゃっきゃと嬉しそうにケーキを切り分けている先輩たちを見ながら、レオさんが音が漏れないように息を吐いたのを、私は見逃さなかった。

「……レオさん」

「寮母のみんなが喜んでくれてよかった。シベルちゃんも、みんなと一緒に食べてくれ」

「あ、レオさんは……」

「俺は片付けなければならない仕事があるんだった。それじゃあ、またね」

笑顔でそう言って食堂を出ていくレオさんだけど、なんとなくその背中に哀愁を感じた気がした。

レオさんは優しいから。

でも本当は、レオさんもケーキを食べたかったのよね。

――私のせいだわ。

◆俺のために？

シベルちゃんにお礼がしたくて。彼女に喜んで欲しくて。

俺は早朝に寮を出て、一人街に向かった。

ヨティから聞いた、新しくできた人気のケーキ屋は、すぐに売り切れてしまうらしい。

朝から並んだおかげで、なんとかホールケーキを一つ買うことができた。

これをシベルちゃんと一緒に食べよう。

結構大きいから、寮母のみんなにもあげよう。そう思ったが、まずはシベルちゃんだ。

二人きりで、彼女の幸せそうな顔を見ながら食べたい。

シベルちゃんが嬉しそうにしているところを想像するだけで、俺の胸は満たされていく。

しかし同時に、実際にその姿をこの目で早く見たいと気が急《せ》いて、つい周りをよく確認せずに、すぐに彼女に声をかけてしまった。

他の寮母たちが今どうしているか、もっと慎重になるべきだった。

シベルちゃんが完全に一人のときに声をかければよかった。

優しい彼女が、先輩に声をかけられて一人でケーキを食べるはずがないのに。

完全に俺のミスだ。

でもまぁ、シベルちゃんや寮母のみんなが喜んでくれたなら、それでいいではないか。

シベルちゃんを独り占めしようとした罰《ばち》が当たったのだな。

そう思い、おとなしく仕事をしようと執務室へ戻った。


しかし、その日の夜――。

夕食を終えた俺は、再び執務室で残っていた仕事を片付けていた。

「レオさん、いらっしゃいますか？」

「シベルちゃん？」

すると、扉をノックする音とともに、シベルちゃんの声が部屋の外から聞こえた。

「どうぞ」

どうしたのだろうと思うのと同時に、彼女の声に高鳴る胸。

「失礼します。お仕事中にすみません」

「いや、構わないよ」

「あの、こちら……よかったら」

「なんだい？」

立ち上がってシベルちゃんに歩み寄ると、彼女は手に持っていたバスケットの中から、なにかを取り出して俺に差し出した。

「これは……」

「昼間は、美味しいケーキをありがとうございました。本当に美味しかったです。でも、レオさんは召し上がれなかったので……」

「え？」

シベルちゃんが持ってきてくれたのは、カップケーキだった。

少しだが、クリームとチョコレートがかかっている。

「いただいたケーキのように美味しくはできませんでしたけど、本当はレオさんもケーキ、召し上がりたかったんじゃないかなって」

「……シベルちゃん」

それで、わざわざ作ってくれたのか？

仕事もあるだろうに、その合間に？　俺のために？

シベルちゃん……。君は本当に、なんて優しくていい子なんだ。

それも、俺のことを気にかけてくれていたなんて……嬉しすぎる……!!

これはもしかして、俺たちは両思いなのでは――。

「ありがとう、シベルちゃん。俺のためにわざわざ。とても嬉しいよ」

「いいえ、いつも騎士様たちに感謝しているのは私のほうなので」

……騎士様たちに、か。

……まぁ、いい。

実際に俺のために作ってくれたんだ。きっと彼女も照れているのだろう。

「本当に、俺のためにありがとう。今紅茶を淹れるから、よかったら一緒に――」

そこまで言ったとき、彼女のバスケットの中身が見えて、俺は言葉を詰まらせた。

「……随分たくさんあるんだね」

「はい！　これからミルコさんたちにも持っていこうと思って」

「……へぇ、ミルコたちにも」

「皆さんいつも頑張ってくださっていますから！　レオさんに喜んでもらえてよかったです！　皆さんも喜んでくれるといいのですが」

「……」

無垢な笑顔でそう言ったシベルちゃんに、俺はなんとも言えない複雑な感情を覚える。

そうだよな……彼女は優しい子だ。俺だけのために作ってくれたなんてなぜ思った？

自惚《うぬぼ》れるな……。

「それでは、お仕事中に失礼しました」

「待って、俺もついていくよ。こんな時間に君一人で男の部屋を回るのは危ないから」

「え……？」

第一騎士団の中に、シベルちゃんをどうこうしようとする奴などいないということはわかっている。

「ありがとうございます。でも、一人でも大丈夫ですよ？　レオさん、忙しいでしょうし……」

「いや、仕事はもう終わる。全然忙しくなどない」

「……そうですか？」

「ああ」

わかっているさ。これは嫉妬だ。一番最初に俺のところに来たのだと、みんなに見せつけたいだけなのだ……。

く……、我ながら本当に子供っぽい……。

「ありがとうございます！」と言ってまた無垢な笑みを浮かべるシベルちゃんに、俺の胸は小さく痛む。

ああ……なんて純粋な笑顔なんだ。

俺が間違っていた。ケーキで君を釣って、二人きりになろうとしていた俺は、なんて汚らわしい男なんだ……!!

自分が恥ずかしい!!

「でも、やっぱり本当はあのお店のケーキが食べたかったのですよね？」

「いや、いいさ。また買ってくるよ。今度は彼らの分も」

「まぁ……！　レオさんって本当に仲間思いでお優しいですね！」

「……そうかな」

キラキラと輝く天使のような笑顔に、俺の胸は締めつけられる一方だった。

◆心残りがあるとしたら

「くっしゅん……っ」

「あらシベル、風邪？」

朝食の片付けが済んだ頃、私はエルガさんの前でくしゃみをしてしまった。

「すみません」

「この前、先輩の看病をしてくれていたから、もらってしまったのかもね。今日は休んで」

先日、風邪を引いていたお掃除担当の先輩の看病に行ったのは、確かに私。そこでもらっちゃったのかしら。

「大したことないので、大丈夫ですよ」

「いいから休む！　あなたは少し働きすぎよ！」

「はい……」

具合も悪くなかったけど、エルガさんに少し強めの口調で言われた私は、素直に言うことを聞いて自室に向かった。

そういえば、少し寒気がするかもしれない。これから熱が出るのかしら。

「シベルちゃん！」

部屋に向かっている途中、リックさんに呼び止められて、私は足を止めた。

「リックさん、どうされましたか？」

「実は、団長たちが忘れ物をしたみたいで……これから届けに行くんだ」

「まぁ、それは大変ですね」

レオさんとミルコさんは今日、トーリの領主と面談のために、朝食を終えた後出かけている。

「それで、よかったらシベルちゃんも一緒に来てくれないかな？」

「え？　私ですか？」

「うん。俺、ここに来てまだ日が浅いだろ？　場所はなんとなく聞いたけど、シベルちゃんが一緒に来てくれると心強いんだ。他の先輩たちはみんな忙しそうで……シベルちゃんも忙しかった？」

なるほど。確かに、リックさんはここに来たばかりだから、まだ街には行ったことがないのかもしれない。

騎士団の役に立つチャンスね!!

「大丈夫ですよ。私はちょうどお休みをいただいたところだったので」

「よかった！　ありがとう！」

リックさんはいい人だ。よくお料理の配膳を手伝ってくれるし、その際もとても丁寧で、親切。

それに爽やかで優しい方だし、そんなリックさんのお願いを断ることなんてできるわけがない。

前にレオさんが〝気をつけて〟と言っていたことをふと思い出して一瞬躊躇《ためら》ってしまったけど……リックさんはそのレオさんに忘れ物を届けに行こうと言っているのだ。それに彼はもう皆さんとも仲良くやっているようだし、大丈夫よね。


そのまま二人で外へ出ると、リックさんは白馬にまたがり、私に手を差し出した。

「はい、シベルちゃん」

「……馬で行くのですね」

「馬車より速いからね。どうぞ?」

「はい」

手を差し出されたので、その手に摑まって引き上げてもらう。

私の身体を軽々と持ち上げてしまうリックさんは、とても力持ち。さすが、騎士様だわ……!!

「じゃあ行くよ。しっかり俺に摑まっててね」

「は、はい……!」

リックさんは、ミルコさんと同じくらいたくましい身体つきをしている。そんなリックさんに抱えられて、ドキドキしてしまう。

だって……だってこれは……憧れのシチュエーション!!

騎士様と一緒に乗馬なんて……ああ、これは夢じゃないかしら？

……けれど、なぜか一瞬レオさんの顔が浮かんだ。そしてその瞬間、胸の奥がもやっとした。

……どうしたの、シベル。こんなにたくましい騎士様と馬に乗っているのよ？　もっと素直に喜んでいいのに。

「……」

「ん？　どうしたの、シベルちゃん」

「いいえ……」

私がじっと見つめると、リックさんは爽やかに微笑んでくれた。

リックさんも素敵な騎士様だけど……どうして〝レオさんだったら〟なんて思ってしまったのかしら。リックさんに失礼だわ。

どうやら騎士団の寮で生活しているうちに、私はすっかり欲張りになってしまったらしい。

騎士様を選り好みするようになるなんて、最低よシベル！

心の中で自分を罵倒し、そのままおとなしくリックさんの太い腕に摑まりながら街へ向かった。

――はずだったのだけど。

「リックさん、こっちは森です」

「この森を抜けると近道だって聞いたんだ」

「そうなのですか？」

リックさんが馬を走らせたのは、騎士団の寮の裏側にある森の中。

私はこの森に来たことはないけれど、街への近道だったなんて。

リックさんは言葉が少なくなってしまったけど、乗馬に集中したいのだろう。すごく、速いし……。

とにかく私にできることはなにもないので、おとなしくしていたけれど、リックさんはどんどん森の奥へ進んでいく。

「あの……、本当にこっちで合ってるのでしょうか？」

「合ってるよ」

「……ですが、どんどん森が深くなっていきます……」

リックさんはこの地に来たばかり。だから道がわからないのかもしれないのに、随分自信ありげだ。

「あの、リックさん」

「うるさいな。少し黙ってろよ」

「……」

しつこく声をかけた私に、リックさんが鋭い口調で言った。

まぁ……。リックさんったら、急に口調が変わったわ。

いつも丁寧な言葉遣いなのに、急に男らしくなってしまって……どうしたのかしら。

「あー着いた。ここだ」

「？」

すっかりいつもと口調が変わったリックさんが、ようやく馬を止めたのは森の奥にある洞穴の前。

「ここは……どう見ても領主様のお屋敷ではありませんね」

レオさんたちは今日、森で面談をしているのかしら？

「は？　まだそんなこと言ってんのかよ。いい加減気づいてるだろ、あいつらのところに行く気はないって」

「え……？」

混乱する私に構わず、リックさんは私の身体を抱きかかえてひょいと馬から降りた。

リックさんの胸はとてもたくましいけれど……やっぱりなんだか、レオさんに感じるときめきとは違うみたい。

「シベルちゃんさぁ、あんた、聖女なの？」

「え？」

すぐに私を降ろすと、リックさんはそんなことを聞いてきた。

「違いますよ、聖女は、義妹です」

「でも、その義妹も全然聖女の力を使わないし、妃教育まで拒んでいて、マルクスの奴が参ってんだ」

「まぁ……」

「おまけに先日、王都に魔物が出た。代わりにトーリからは一切被害報告が来ない。これは一体どういうことだと思う？」

「さぁ……私にはなんとも……」

王都に魔物が？

アニカや街の人たちは大丈夫だったのかしら。

「で、実はシベルちゃんが本物の聖女なんじゃないかって、マルクスが心配になって俺をここに寄越《よこ》したってわけ。俺とマルクスは幼馴染だけど、シベルちゃんは俺の顔を知らないからな」

「まぁ……そうだったのですね」

それは、ご苦労様です。でも私は聖女じゃないと思いますよ？

それにしても、どうしてこんなところに連れてこられたのだろう。

誰にもこの話を聞かれたくなかったからだろうか。

「数日あんたを観察してみたけど……微妙なところだよな。他の連中が言う通り、あんたが作った料理を食べると力がみなぎる気がする。だが、特に聖女らしいことをしているわけでもない」

「はぁ……」

「だからもう、手っ取り早く直接確かめてみようと思って」

「はぁ……」

どういうことだろうと思いながらリックさんの話を聞いていたら、彼は突然洞穴に向かって手を伸ばすと、火の球を放った。

すごい……！　魔法ね!?

一瞬興奮してしまったけれど、洞穴の中から嫌な気を感じた。

瞬間的に悟る。魔物がいる……。

「さぁ、聖女の力を見せてくれ」

「リックさん、私は聖女じゃありませんよ……？」

低い唸《うな》り声とともに姿を見せたのは、真っ黒なウルフ。

これはどう見ても怒っている。巣に火なんて放つから……。

「リックさん、逃げましょう」

「いや、聖女の力でなんとかしろよ」

「無茶言わないでください！　私にはそんなことできません！」

「えええ？」

洞穴からは、どんどんウルフが出てくる。みんな怒っているのがわかる。毛を逆立てて、鋭い牙を剝いて、爪を立てて、唸っている。

〝ガァァァァ――‼〟

聞いたこともないような咆哮《ほうこう》に、心臓が揺れた。

「ちっ、やっぱりあんたは偽の聖女かよ！」

「そうだって言ってるじゃないですか！」

飛びかかってきた一匹に、リックさんは手をかざして火球を放つ。

けれど、ウルフはまだまだいる。次から次に、襲いかかってくる。

「なんだよ、だったらこんなことしなかったのによ！」

「知りませんよ！　なんでこんなことしちゃったんですか！」

リックさんは私の前に立ち、庇《かば》うようにウルフを火球と剣で倒してくれる。

だけど、数が多い……！

「……っくしゅんっ！」

「はぁ？　こんなときにくしゃみとか、余裕だな、偽聖女様は！」

「違います……実は少し、風邪気味で……」

「は？　……まさか、そのせいで力が弱まってるとか言わないよな⁉」

「知りませんって！」

わからない。私が聖女かどうかも、力の使い方も。

だけど、この状況は少しまずいのでは……？

リックさん一人では、食い止めるのがやっとだ。多方面から襲いかかってこられたら、防げないかもしれない……!!

「くそっ、思ったより数がいたな」

「リックさん、リックさん……！　右……!!」

「……っ！」

左手で火球を放ち、右手で剣を振るう。

その姿はとても格好いいけれど、今はそれどころではない！

リックさんの身を案じていた私だけど、彼から少し距離ができた瞬間、それを見逃さないとでもいうように、一匹のウルフが私目がけて飛びかかってきた。

「シベル――っ!!」

リックさんが私の名前を大声で叫んだ。

「……！」

……私、死ぬの――？

幸せな人生だったわ。途中の人生は、ちょっとあれだったけど。

でも、終わりよければすべてよしっていうの？　騎士団の寮に来られて、皆さんと過ごした日々の思い出があれば……私は成仏できます――。

あ――でも欲を言えば、レオさんの胸筋に頬を押し当てて、すりすりしてみたかった……。

それだけが心残りだわ……。

私ったら、どうしてこんなときにレオさんのことを考えているのかしら……？

そんなふうに思いながらも、死を覚悟したときだった。

なにかが勢いよく飛んできて、私に飛びかかろうとしていたウルフのお腹に刺さった。

「……え」

「シベルちゃん!!」

「レオ、さん……？」

どうやらそれはレオさんが放ったナイフで、なぜかレオさんとミルコさんがそこにいて――。

お二人の姿を見た瞬間、私は意識を手放した。

◆その呼び方はやめろ

今日は定期的に行われている、領主との面談の日だった。

朝食を済ませてすぐに出立した俺とミルコだが、必要な書類を忘れていることに気がついてすぐに引き返すことにした。

「――え？　リックが？」

「はい。団長の忘れ物を届けると言って、出ていきましたよ。シベルちゃんも一緒に」

「……なんだと」

しかし、書類を取りに戻った俺は部下の者から聞いた言葉に、胸がざわついた。

リックはおそらく、マルクスの密偵。

シベルちゃんと二人で出かけたというのはとても心配だ。それに、俺に書類を届けに行くと言っていたのに、途中で出会わなかった。

騎士団の寮と街との間は一本道だ。本当に俺たちを追ったのなら、出会わないはずがない。

「レオ……」

「ああ、まずいことになるかもしれんな」

ミルコも俺と同じことを思ったらしい。

リックの目的ははっきりしていないが、マルクスから送られた密偵ならば、おそらくシベルちゃんが真の聖女ではないか調べるために送り込まれたのだろう。

王都に魔物が出たという話や、義妹が聖女として活躍していないという話は俺にも届いている。

マルクスが焦っているのは容易に想像できる。

「くそっ、俺がもっと警戒していれば……！」

リックとシベルちゃんが二人きりにならないよう気をつけていたのに。

俺は今日寮を空ける予定だったが、昼過ぎには戻るし、シベルちゃんはエルガと一緒に仕事をしているから大丈夫だと思っていた。

しかし、街に向かっていないのだとすれば、まさか二人は森にでも入ったのだろうか。

シベルちゃんが来てからは魔物たちはおとなしくしているが、森の奥へ入れば奴らの巣がある。

刺激すれば黙っていないだろうし、そこでシベルちゃんが聖女の力を使えば、白黒はっきりする。

しかし、まさかそんな強引な真似を……！

「レオ、あっちだ！」

「ああ！」

俺とミルコはすぐに馬を走らせた。ミルコは魔物の気配を感知する能力に優れている。

俺も多少は感じることができるが、ミルコは魔物から離れた場所にいてもそれを感知することができるのだ。

ミルコについていくように森の奥へと馬を走らせていると、やがて俺も魔物の気配を感じた。

近い……！　シベルちゃん、どうか無事でいてくれ……!!

そして間もなく、シベルちゃんとリックの二人が視界に映った。

リックはシベルちゃんの前に立ち、彼女を守るように火球を放ち、剣を振るっている。

シベルちゃんに怪我がなさそうなことに安堵したが、次の瞬間、リックと距離ができたシベルちゃんに一匹のウルフが飛びかかった。

そのときにはもう、俺の手は動いていた。

備えていたナイフを、そのウルフに向けて迷いなく放ったのだ。

「シベルちゃん!!」

「レオ、さん……？」

ナイフはシベルちゃんに飛びかかったウルフに命中し、彼女の身は無事だった。

俺とミルコが来た。もう大丈夫。

そんな思いで馬から飛び降り、彼女のもとへ駆け寄ろうとしたのだが――。

俺と目を合わせたシベルちゃんが、安心したように微笑み、目を閉じた瞬間。

彼女の身体からぱぁっと光が放たれた。

「!?」

なにが起きたのか一瞬理解できなかったが、光を浴びたウルフたちがその場でばたばたと倒れていくのを見て、理解した。

彼女が聖女の力を使ったのだ――。

「シベルちゃん……!!」

そしてシベルちゃんもまた、脱力するように身体が傾いたのを、俺は慌てて抱き留めた。

「シベルちゃん、シベルちゃん！」

「スー……」

「……眠ってしまったのか？」

俺の腕の中で静かに寝息を立てているシベルちゃんの身体は、心なしか少し熱い。

熱があるのだろうか。

「レオ」

「大丈夫、眠っているだけのようだ」

「そうか……」

心配そうに歩み寄ってくるミルコにそう答えて、俺たちはリックに視線を向ける。

「……やっぱり、彼女が聖女だった」

「おまえ、自分がなにをしたかわかっているのか⁉」

シベルちゃんを抱いている俺の代わりに、ミルコがリックに詰め寄り、その胸ぐらを掴み上げる。

「わかってますよ、もちろん。お二人もわかってると思いますけど、俺はマルクス殿下の指示で彼女が聖女かどうか確かめに来たんで」

「マルクス王子は、彼女を危険な目に遭わせてもいいと言ったのか⁉」

「それは……。まぁ、俺がいればあんなウルフごとき、余裕なんで」

その言葉に、ミルコは握った拳で思い切りリックの頬を殴りつけた。

「どこが余裕だ！　彼女は危うく怪我をするところだった！」

「……っ、させませんよ、さすがに。命に代えても彼女は守った」

地面に尻をついて血の滲む口元を親指で拭うリックは、それでも強気に言い返してきた。

「レオがナイフを投げなかったら、どうなっていたか」

「俺は炎魔法が使えます。最悪、あいつら全員焼き払ってましたよ」

それでは森が火事になっていた可能性もあるが、それでもシベルちゃんを守る気だったという気持ちは嘘ではないのだと感じた。

だからといって、彼が取った行動は俺としても簡単に許せるものではないが。

「それで、おまえはどうする気だ」

「彼女が聖女であるとわかったんですから、俺の任務は終わりですね。王都に戻ってマルクス殿下に報告しますよ。レオポルト殿下」

俺が聞いた質問に、リックは地面にあぐらをかいて座ったまま、口の端を上げて笑って答えた。

彼から告げられた名前に、俺はぴくりと反応する。

「やっぱり。あなたの肖像画は子供の頃に描かれたものしかないから顔は知られてないですけど、その黒髪はなかなかいない。シベルちゃんはまさか団長様が王子だなんて思ってないようだけど、第一騎士団は最高の護衛というわけだ。あなたの場合、王都にいるより魔物が相手のほうがむしろ安全かもしれない」

おしゃべりがすぎるリックをひと睨みして、こちらから問う。

「彼女が聖女だとわかったら、マルクスはどうする気だ」

「さぁ？　そこまでは聞いてないですけど。でも一度追放してしまったのですから、まずいでしょうね。陛下はきっとお怒りになる」

「……では、王には彼女が聖女だとばれないようにするのではないのか」

「それはそれで問題でしょう？　それに、誰が偽聖女であるかは、どのみちじきにばれます。幸か不幸か、本物の聖女はこの国の第一王子と一緒にいるのですから……ああそうか、陛下にとってはむしろ好都合かも。まさか、兄が第一騎士団で団長をしていたなんて、マルクス殿下が聞いたら驚くだろうけど」

「……」

リックの口ぶりからするに、この男は完全にマルクス側というわけでもなさそうだった。

幼馴染だからと、いいように利用されたのか……。

「でも、あなたにとってはそのほうがいいんじゃないですか？　王位を継げば、本物の聖女《シベルちゃん》と結婚できるし」

「俺は彼女の意思を尊重したいと思っている」

「ふぅん。弟と違って紳士なんですね。レオポルト殿下は」

「その呼び方はやめろ」

シベルちゃんは今、俺の腕の中で眠っている。だが、それでもいつ目を覚ますかはわからない。

「……彼女には言わないつもりですか？　このまま」

「必要ない。俺は第一騎士団の団長だ」

「そうも言っていられなくなったって、あなたもわかっていますよね？」

「……」

「それよりおまえ、このまま王都に帰れると思うなよ」

俺たちのやり取りを黙って聞いていたミルコだが、とうとう耐えかねたように口を開いた。

そしてその言葉に、リックはわざとらしい溜め息を吐いた。

「……わかってますよ」

ミルコの鋭い視線を受けてようやく立ち上がったリックは、服に付いた土汚れを軽く払うと、抵抗する気はないというように両手を挙げる仕草を見せた。

その後、目を覚まさないシベルちゃんを抱えて俺の馬に乗せ、リックが逃げないようミルコと二人で挟むように走りながら騎士団の寮へ戻った。

領主との面談は、日を改めてもらうことにする。

それにしても――。

やはり、シベルちゃんが聖女で間違いない。

彼女が馬から落ちないよう自分の胸の中に抱きながら、こんなに愛おしくなってしまった存在に、俺の心は揺れていた。

◆食われるぞ

目を覚ましたら、自分の部屋のベッドの上だった。

私は確か、リックさんと森に行って、そこでウルフに襲われたはずだ。

「……」

でもどこも痛くない。怪我はしていないみたい。リックさんが守ってくれたのかしら？

……そういえば意識を手放す寸前、レオさんとミルコさんを見た気がするけど……あれは夢？

レオさんは、とても焦ったような、真剣な表情でナイフを投げて、私に襲いかかろうとしていたウルフを倒してくれた。

そのときのレオさんは、とても格好よかった。それを見た瞬間、私の胸が熱く高鳴ったのを覚えている。けれど、その後の記憶がない。

「……やっぱり夢かしら」

でも私は、どうやって戻ってきたのだろう。

眠っている間、レオさんの匂いがしたような気がするけど……。

レオさんの胸の中で、抱きしめられながら眠っていたような……。

あれはたぶん、私の欲望が生み出した夢だったのでしょうね。

「――シベル、具合はどう？」

「エルガさん」

ぼんやりとそんなことを考えていたら、エルガさんが部屋に入ってきた。

「やっぱり熱が出たみたいだから、安静にしててね」

「はい……、ご迷惑をおかけしました」

エルガさんは私の額に乗っていた濡れタオルを交換してくれた。新しいものは、ひんやりと冷たくて気持ちがいい。

「あの、リックさんは大丈夫でしょうか？」

「え？」

魔物に襲われていたのだ。もしかしたらリックさんは怪我をしているかもしれない。

「……なにがあったのか、覚えているの？」

「少し……でも、ウルフに襲われたのは覚えています」

「そう……」

「リックさんは怪我をしていませんか？」

額のタオルを押さえて上体を起こして問えば、エルガさんは少し悲しげに目を細めた。

「リック……彼があなたを危険な目に遭わせたのでしょう？」

そうなのかもしれない。でも、私を守ってくれたのも彼だった。

「まぁ、いいわ。彼も無事よ。処分が決まるまでは謹慎中……というか、軟禁状態だけどね」

「そうですか……。教えてくださってありがとうございます」

「とにかく、今はゆっくり休みなさい？」

「はい……」

無事なら、よかった。

エルガさんにそう言われて、私は再び横になる。

熱が下がったら、レオさんにお願いしてリックさんに会わせてもらおう。

＊

それから三日が経って、私の熱はすっかり下がった。

仕事を三日も休んでしまって、みんなには迷惑をかけた。

今日からまたしっかり働かないと！

「あ、シベルちゃん！　体調よくなったんだね！」

「またシベルちゃんのご飯が食べられると思うと嬉しいよ！」

「皆さんすみません、もうすっかり元気です！　ご心配おかけしました」

朝食を食べに食堂にやってきた騎士様たちは、私を見て代わる代わる声をかけてくれた。

「シベルちゃん」

「レオさん、ミルコさん」

それから、このお二人も。

「元気そうで安心したよ」

「はい、ご心配をおかけしました」

「あまり無理しないようにね」

「はい、あの――」

「あ！　シベルちゃん！　よかったー、体調よくなったんだね！」

「ヨティさん」

レオさんに、リックさんのことを聞こうと思った。

けれど、私が彼の名前を口にする前に、ヨティさんが大きな声で私を呼んで駆け寄ってきた。

「シベルちゃんの作る料理が恋しくて恋しくて」

「すみませんでした、今日からまた私の料理ですよ」

「いやー、本当によかった！」

「あ……」

ヨティさんとお話ししている間に、レオさんとミルコさんは他の騎士様に呼ばれて行ってしまった。

朝食の後、聞いてみよう。


それから朝食の後片付けを終えたら、すぐに洗濯物が上がってきた。

これを干したら、聞こう。

「シベル、今日のお昼はいつもより多いようだから、早めに準備に取りかかれる？」

「はい！　わかりました！」

洗濯物を干し終わったところでエルガさんに声をかけられ、私はすぐに調理場へ向かった。

いつもお昼時は出払っている方が多いので、昼食を寮の食堂で食べる方は少ないのだけど、今日は多いらしい。

仕方ないわ。昼食が終わったら、聞こう……！


「――あの、レオさん……！」

「シベルちゃん」

結局、なんだかんだ忙しくて、レオさんに声をかけられたのは夜になってからだった。

「……あの、リックさんって」

レオさんの執務室を訪ねようと思ったら、その途中でちょうどレオさんを見つけたので、呼び止めて彼に駆け寄った。

リックさんの姿は、あれから一度も見ていない。

エルガさんは、リックさんは謹慎中って言ってたけど、ちゃんと食事はできているのだろうか。

「リックは謹慎中だよ。君を危険な目に遭わせたのだから」

「ですが、私を守ってくれたのも彼です」

「……それは考慮している。だが、今後のことが決まるまでは部屋から出せない」

リックさんはどうなってしまうの？

謹慎が解けてもそんなに厳しい処分は受けないわよね？

「私はこの通り平気です。それに、リックさんは私に怪我をさせるために森に連れていったわけではないのです……！」

「それも知ってるよ」

「……そうですか」

レオさんは、私を落ち着かせるように優しい声で言った。

私が聖女かどうかを確かめるために、リックさんはこんなことになってしまったのだ。聞いてくれればはっきりと否定したのに。でも、リックさんはマルクス様に確かめてこいと言われて、仕方なかったのかもしれない。私にも責任があるような気がして、胸が痛む。

「あの……、リックさんに会わせてもらえませんか？」

「身を挺《てい》して私を守ってくれたので、お礼を言いたいのです」

「君を？　なぜ？」

「シベルちゃん……」

困ったような顔で、息を吐きながら私の名前を呟くレオさん。

わかってる。森に行かなければ、魔物を刺激しなければ、あんなことにはならなかったって。

でも私は、彼と話さなければいけない気がする。

「……わかった。その代わり、俺も同行するよ」

「はい。ありがとうございます」

許可してくれたレオさんに頭を下げて、私たちはリックさんがいる部屋に向かった。

部屋の前には騎士様が見張りで立っていた。

その方に声をかけて、レオさんは外側からかけられていた鍵を開け、私とともに中に入った。

「あれ、シベルちゃんだ」

「リックさん……」

彼はもう、すっかり本来の姿を見せるように、ソファの上で足を組んでだらりと座っていた。

本当に、最初の好青年だったイメージとは随分違うのね。

軟禁状態ではあっても、あまり酷い状況ではないことに安心する。

でもなぜか口の横が少し赤い。やはり怪我をしてしまったの？　でも、あんなところを……？

「会いに来てくれたんだ」

「……あの、レオさん。少し二人で話をしてもいいですか？」

「しかし……」

「大丈夫ですよ。ね、リックさん」

「ああ」

レオさんは少し考えるように眉根を寄せたけど、なにかを確認するようにリックさんを睨んでから、「では、部屋の前で待ってる」と言って頷いてくれた。

もしなにかあればすぐに入ってきてくれるということだ。

「リックさん、その節はありがとうございました」

「――は？」

レオさんが出ていった部屋で、私は立ったまま、座っている彼にお礼を述べた。

「あんた、馬鹿なのか？」

けれど、リックさんからはそんな言葉。

「俺があんたを危険な目に遭わせたって、わかってんだろ？」

「……でも、リックさんは魔物から私を守ってくださいました」

「だとしても。俺があんなところに連れていかなければ、あんな目に遭うことはなかったんだ。

俺はあそこに魔物がいるってわかっていてあんたを連れていったんだぞ？　怪我はなくても、怖い思いはしただろう？　なんで怒ってないいんだよ」

「……とても貴重な経験でした」

「いやいやいや、だから、そうじゃなくて」

「でもやっぱり私は聖女じゃないって、わかりましたよね？」

「……」

そう、私は魔物を目の前にしても聖女らしいことはなにもできなかった。

ただ恐怖して、気を失ってしまうなんて……本当に情けない。

「あんた……、本当にお気楽な女だな。そんなんだったら、そのうちあの団長に食われるぞ」

「え？」

はぁ、と隠そうともせずに溜め息を吐いて、リックさんは呆れたように笑いながらそんなことを口にした。

レオさんに食べられる？　なにを？　私の分の食事を取られるということ？

「レオさんはそんなことしませんよ」

「わかんねぇだろ。男なんて腹ん中じゃなに考えてるかわからねぇぞ。あの団長だけじゃなく、他の奴らもな」

「まぁ……」

確かに皆さんいつもたくさん食べてくれるけど。本当は、足りないのかしら。だったら私の分も食べてくれても全然構わないわ。

今回のリックさんのように、騎士様たちは命がけで戦ってくださっているのだから。

「……あんた、俺が言ってる意味わかってる？」

「え？」

そんなことを考えていたら、私の心を読んだのか、リックさんはじぃっと私を見つめてまた溜め息。

「騎士なんて生き物は、野蛮な男が多いって言ってんだ」

「……そんなことないですよ？」

リックさんが言いたいことは、前にアニカにも言われたようなことだった。

だけど、この第一騎士団の方に、そんな野蛮な人は一人もいない。

「あんたの前では隠しているだけだ。男なんて欲にまみれた生き物だ」

「……」

そうか。そうなのかもしれない。

正直、男性のことはよくわからないけれど、そんなようなことを聞いたことはある。

でも、

「そういうこともありますよね。わかります」

「……は？」

「人はみんな、言えないことの一つや二つ、抱えているものです」

「……え」

うんうんと、しみじみと頷きながらそう言うと、リックさんからは間の抜けた声が漏れた。

私だってそうだもの。心の中では、騎士様たちのたくましい姿が大好きなんて考えているし。それがばれたら、やっぱり軽蔑されてしまうのかしら。

「でも、それ以上に騎士様たちは命をかけてこの国のために戦ってくれているのですから、たとえ心の中でなにを考えていたって、その事実は変わりません」

「……あんたじゃ思いつかないような、とんでもなく酷いことを考えていてもか？」

「そうです」

「……あんたに嘘をついてるかもしれないぞ。隠しごとも。それに、傷つけるかも」

「私一人の犠牲がなんだというのです。この国に比べれば、私なんてとてもちっぽけです」

「……嫌いにならないのかよ」

「なりません。なるはずありません！」

それは、自信を持って言える。

私が騎士様を好きなのは、私の勝手な都合。

勝手に好きになって、勝手に幻滅するなんて。私はそんな生半可な気持ちで騎士様を好きになったわけではない。

「……そうか。わかった、変なこと言って悪かった」

「リックさんは変なことなんて言ってませんよ？」

だから、やっぱり私はリックさんのことも嫌いになんてなっていない。

「……あんた、どんだけだよ……」

「なにがですか？」

「……なんでもねぇよ」

そう言ってまた溜め息を吐いたリックさんだけど、その顔はなんとなく嬉しそうに見えた。

「それから、一つ勘違いしているようだから言っておくけど」

「はい？」

「ウルフを倒したのは俺じゃないぜ」

「え……？」

リックさんじゃない？　それじゃあ一体誰があのウルフの群れを倒したの……？

「……」

「リックさん？」

私をじっと見つめてなにかを言い淀んでいるリックさんに首を傾げて続きを促すと、彼は目を逸らして口を開いた。

「……団長と副団長が来てくれただろ。覚えてないのか？」

「えっ」

あれは、夢ではなかった……？

であれば私は、まずお二人にお礼を言わなければならないわ……！　あれ……ちょっと待って、あれが夢ではなかったのなら、私はレオさんに抱えられて戻ってきたのでは……？

「ああ――」

「シベル……!?」

それを思った瞬間、顔が熱くなって頭に血が上った私は、目眩を感じてその場に倒れ込んだ。

◆困った、困った。本当に困った

王都に再び魔物が出た。

それも、今回は一匹や二匹ではなく、群れだったらしい。

すぐに第三騎士団を討伐に向かわせて、なかなか戻らないリックのことも強制的に呼び戻した。

しかし、ひと月の間第一騎士団の寮にいたリックは、王都に帰ってきてもすぐに僕のところに報告をしに来ようとはしなかった。

「王子である僕が呼んだらすぐに来い！　まったく、おまえは何様だ！」

「……帰ったばかりでばたばたしてたんだよ。それに、こっちはこっちで大変だったんだぜ？」

ようやく僕の前にリックがやってきたのは、彼が王都に帰ってきてから、三日が過ぎた頃だった。

彼は自ら魔物を刺激し、シベルを危険な目に遭わせたとして、少しの間軟禁されていたらしい。だが、王子である僕が彼を呼び戻してやったおかげでこうして帰ってこられたのに、礼の一つも言いに来ないとは。

「自業自得だろ。僕はそんなに手荒なまねをしろとは言ってない」

「けど、それが一番手っ取り早い方法だったんだよ。シベルが聖女かどうか確かめるには」

「まぁいい。それで、どうだったんだ。シベルは聖女なのか？　早く報告しろ！」

「……ち、偉そうに」

「なんだと!?」

こいつ今、舌打ちしたか!?　王子であるこの僕に向かって……!!

「シベルは本物の聖女だよ」

「なに!?」

不敬罪にしてやろうかと思ったところで、リックはさらりと、とんでもないことを口にした。

「残念だったな。聖女はシベルで間違いないね」

「…………そんな」

報告に来るのに三日もかかったくせに、そんなに大事なことをなんともあっさり言ってのけるリックに、僕は呆然としてしまう。

「なにかの間違いでは……、証拠はあるのか!?」

「……アニカの母親もアニカが聖女の力を使ったのを見たと言っただけのようだな」

「そうだ」

「じゃあ、俺にも証拠はない」

「なに？　それじゃあまだ——」

「だが、間違いない。俺はこの目で確かに見たからな」

「……っ」

そう言って、リックはルビーのような瞳をまっすぐ僕に向けて言った。

彼が嘘を言っているようには見えない。だが――。

「まぁ、あの母親にもそう言われて、それを信じてこうなったんだ。俺を信じるか、あの母親を信じるか。今度は慎重に動いてくださいよ、マルクス殿下」

「く……っ」

急に大袈裟なほど丁寧に礼をして見せるリックに、余計苛立《いらだ》ちを覚えたが、今はそれどころではない。

シベルが本物の聖女……!?

それが本当だとしたら、かなりまずいぞ。

だが、シベルの力もアニカの力も僕が見て確認したわけではない。確かに、どちらも証拠はないのだ。

これでまたリックの言っていることだけを信じていいのか……!?

「あ、それから第一騎士団にはもう一人――」

「なんだ」

「……いや、いいや。まぁ、頑張れよ、第二王子様」

リックがなにか言いかけたが、僕と目を合わせると鼻で息を吐いてひらりと片手を上げ、さっさと部屋を出ていった。

わざわざ第二などと……。嫌な言い方をしやがって。

まさかリックは第一《兄》王子派ではないだろうな？

……そんなわけないか、二人はおそらく会ったこともないだろうし。

ああ……そんなことより、どうする!?　シベルが本物の聖女なら、すぐ呼び戻すべきか……？　だが、呼び戻してどうする……。謝って許されることか？

いや、どうして僕が謝らなければならないんだ。

そもそも僕は被害者だ。僕に嘘を吹き込んだアニカとあの母親が悪いのだ。あの二人に謝らせれば、シベルは許してくれるか？

いや、シベルの意思などどうでもいい。

問題は国王である父上だ。父上は、僕の話を聞いてくれるだろうか……？

ただでさえ、父上は僕の独断でシベルを王都から追放して、アニカと婚約したことに怒っていて、最近は口をきいてくれない。

シベルがアニカをいじめていたのだと言っても、父は納得した様子ではなかったのだ。

そのうえシベルが真の聖女であるなど……。

ああ、ああ。まずい、まずいまずいまずい、まずいぞ……。

こういうときは、母上に相談しようか――。

母上なら、なんとかしてくれるだろうか。僕は被害者だと、父に訴えてくれるかもしれない。

……だが、最近ますます、兄が王位を継ぐのではないかという噂が大きくなってきたような気がする。

アニカが未来の王太子妃として相応しい振る舞いもしなければ、魔物が出ても聖女としての力を見せないからだ。

母も、アニカのことを好きではない。

ああ、困った。こうなるのなら、もっと落ち着いて、よく調べるんだった。

このままでは本当に兄が王太子になってしまうかもしれない……。

というか、兄は今どこでなにをしているのだ？

いっそのこと、戦死してくれていないだろうか……。

そうすれば、僕が次期国王になるのは間違いないのに……！

ああ、困った、困った。本当に困った……。

シベルは今頃、あの辺境の地でなにをしているのだろうか――。

◆聞かれた？　そして引かれた!?

「――シベルちゃん、大丈夫？」

「ミルコさん」

その日のお昼過ぎ。私は街から届いた大量の食材を調理場に運んでいた。

今日は調味料類も届いたから、いつもより重たいものが多かった。

そんな私に、食堂辺りで声をかけてきたのは第一騎士団副団長のミルコさん。

「手伝うよ」

「わっ」

私がぷるぷると震えながら運んでいた、大きな袋に入った小麦粉をひょいと持ち上げると、軽々と所定の位置まで運んでくれるミルコさん。

すごい……!!　さすが、ミルコさんだわ。

「ここでいい？」

「は、はい！　ありがとうございます!!」

「あとは？」

「えっと――」

そのまま、結局ミルコさんは大量のお肉や野菜、りんごにオイルなども、運ぶのを手伝ってくれた。

お仕事中で疲れているはずなのに申し訳ないけれど、おかげでとても早く終わった。

「本当にありがとうございました！」

「あれくらい全然。それより大変だね。いつもあんな量の食材を運んでいるの？　君のその細い腕で」

「いえ、今日は特別多かったんです。私も、皆さんみたいにもっと鍛えないと駄目ですね！」

「いや……君はそのままでいいと思うけど」

頼りない力こぶを作ってみせると、ミルコさんは口元を小さく上げて笑った。

「そうだ、ミルコさんはどうされたのですか？」

「ああ、なにか飲もうと思って」

「まぁ！　それでしたら、すぐにお茶を淹れますね」

「ありがとう」

「いいえ！　少しお待ちください！」

ミルコさんのおかげで、予定より早く片付けることができた。

だから夕食の準備を始めるまで、時間に余裕がある。

「どうぞ」

「ありがとう」

食堂で座って待っていたミルコさんに用意したのは、香り高いハーブティー。

「……うん、美味しい」

「よかったです！」

このお茶にはリラックス効果があるから、ミルコさんが少しでも安らげるといいなと思う。

「君は本当に、いつ見ても元気だね」

「そうですか？」

「ああ。こっちまで元気になる」

「それならよかったです」

ミルコさんは、レオさんやヨティさんほど口数が多い方ではない。

いつもレオさんの隣で静かに、でも隙なく立っている、真面目な騎士様。

そしてとても体格がいい。

「……それはやはり、王都では辛いことが多かったからなのだろうか」

「え？」

そんなミルコさんが、ぽつりと独り言を言うように呟いた。

「ここでの暮らしも大変なことが多いだろう？　それなのにそんなに楽しそうなのは、王都ではもっと辛かったからか？」

「……」

ミルコさんにまっすぐ見つめられながらそんな質問をされて、私は一瞬言葉を詰まらせる。

うーん……。半分は正解だけど……。

「それもありますけど、それを抜きにしても、ここでの生活は楽しいですよ」

「だが、辛いこともあるだろう？」

「今のところないです。皆さん本当にお優しいですし」

憧れの騎士様がこんなにたくさんいるし、訓練も見られるし、お話もできるし……私にとっては本当に素晴らしい環境。

「それが本心なら、それは君がいい子だからだよ」

「まぁ」

お世辞だとわかっているけど、ミルコさんからとても嬉しいお言葉をいただいてしまった。

クールに見える方だけど、ミルコさんもとても優しい。

「……ところで、シベルちゃんは騎士団の中に気になる人とかいる？」

「気になる人、ですか？」

「うん」

今度の質問には、つい首を捻《ひね》ってしまう。

……気になる……とは、具体的にどういう意味でしょう……？

皆さん気になりますね。

今日も元気かしら？　とか、少し眠そうだわ。とか、最近髪が伸びてきたなぁ、とか。

でも、きっとそういうことではないのかしら？

「たとえばレオとか、どう思う？」

「レオさんですか？」

「うん」

答えに詰まった私に、ミルコさんはレオさんの名前を出した。その途端、レオさんの顔が浮かんで、なぜだか胸がドキドキした。

「レオさんは、とっても優しくて、心配りもしてくださる、いい団長さんですよね」

「ううん……そういうことじゃなくて」

「？」

レオさんはとっても素敵。私にとって理想そのものの騎士様で、そのうえいい人。レオさんのことを考えると、胸の奥が変な感じがする。だけど、そこまで言ったらちょっと、重いわよね？

「質問を変えようかな。シベルちゃんって、どんな人がタイプ？」

「タイプ……」

好きなタイプ？　それはもう、当然――。

「たくましく鍛えられた筋肉と男らしいがっちりとした体格。それからすらりと高い身長と重たい剣を簡単に振るう太い腕。安定感のある腰と頼もしくて長い足に――」

国に忠誠を誓って日々鍛錬を積み、揺るがない強い心を持ったそんな騎士様が私のタイプです――！

と、どこまで口に出していたかわからないけど、ミルコさんの視線にはっとして我に返ると、彼は眉を寄せて口を半開きにし、なんとも言えない微妙な表情で笑みを作っていた。

「すみません!!　私ったら、変なことを――」

「いや、驚いたけど、大丈夫。そうか、シベルちゃんは男らしい人がタイプなんだね。ちょっと意外だな」

ああ……っ、恥ずかしい……!!

私ったら、馬鹿正直にミルコさんになにを言っているのかしら……!!

「ハーブティー、ありがとう。そろそろ戻るね」

「あ、はい――」

ミルコさんはカップに残っていたお茶を飲み干すと、すっくと立ち上がって食堂の出口に向かった。

「レオ？」

「えっ」

けれど、ミルコさんの口からレオさんの名前が紡《つむ》がれる。

「あ……やぁ、ミルコ、シベルちゃん」

「レオさん……！」

ひょっこり顔を覗かせたのは、引きつった笑みを浮かべて片手を上げたレオさん。

もしかして、今の話レオさんにも聞かれた……？

恥ずかしい……!!

「なにしてるんだ、そんなところで」

「あ……いや、俺もなにか飲もうと……だがやっぱりいい。それよりミルコ、ちょっと」

「なんだ」

「あ……、レオさん！」

なにか飲もうとして来たらしいけど、レオさんはそのままなにも飲まずにミルコさんを引っ張るようにしてすぐに食堂を出ていってしまった。

やっぱり聞かれた？　そして、引かれた!?

ああ、どうしましょう……!!

レオさんに気持ち悪い女だと思われてしまったのね……!!

なんだかとても恥ずかしい。そして、やけに胸がもやもやする。

違うんです、誤解なんです！　と、言い訳したい気分だ。

……なにも違うことなんてないのだけど。

◆はい、繰り返して

「――なんだ、レオ」

休憩でもしようと食堂に向かった俺の耳に届いたのは、シベルちゃんの声だった。

彼女がいると思うと胸が弾んだが、一緒に聞こえてきたのは、ミルコの声。

二人でなにを話しているのだろう……？

ざわりと胸が騒いだ俺はつい足を止め、向こうからこちらが見えないようにそっと聞き耳を立ててしまった。

「おい、レオ」

「……」

聞いてしまったシベルちゃんの言葉に、俺は大きなショックを受けた。

そのまま動けなくなって佇んでいたら、そこにいるのがミルコにばれた。

シベルちゃんの前に顔を出し、なんとか笑顔を作ったが、それ以上二人の前にいることが苦しくなり、ついミルコのことを引っ張り出してきてしまった。

俺はまた、シベルちゃんの邪魔をしてしまったのだろうか……。

「レオ、どこまで行く気だ」

彼の腕を摑んでひたすら食堂から離れるように歩いていた俺に、ミルコが少し大きな声を出して足を止めた。

「く……っ」

「なんだ」

「いや……」

シベルちゃんは、やはりミルコのことが好きなのだろうか……。

ミルコに好きなタイプを聞かれた彼女は、こう答えた。

〝たくましく鍛えられた筋肉と男らしいがっちりとした体格。それからすらりと高い身長と重たい剣を簡単に振るう太い腕。安定感のある腰と頼もしくて長い足〟

それはもう、ミルコのことではないか……!!　だいたい、どうしてミルコはシベルちゃんに好きなタイプなんか聞いたのだ。

まさか、ミルコもシベルちゃんのことが……!?

「ということは、二人は両思い……」

「さっきからどうした。ぶつぶつとなにを言ってる」

だが、嫉妬はよくない。それに、もしそれが本当なら、邪魔をするのもよくない……。

「ミルコは悪くない……」

「だから、なにが」

「俺が不甲斐《ふがい》ないだけだな。俺も君のようにもっと鍛えれば、シベルちゃんは振り向いてくれるだろうか……」

「ああ、そういうことか」

つい心の声を口に出してしまった俺に、察しのいいミルコが頷いた。

「自分で気づいているかわからないが、レオもなかなかにいい体格をしているぞ」

「同情はよしてくれ。君に比べたら、俺なんてまだまだ……」

「いや、そんなことないと思うが」

「やめてくれ！　いいんだ、俺の努力が足りないだけなんだ！」

「……」

そう、俺はこれからもっともっと鍛錬を積み、今よりも強くたくましい男になってみせる……!!

「まぁ、彼女もなかなか鈍感だがな」

「念のため確認だが、君は彼女のことを――」

「そういう目では見ていないから、安心しろ」

「そうか」

それを聞いてほっとしたが、もしシベルちゃんがミルコのことを好きなのだとしたら、それは素直に喜んでいいことではない。

まぁ、俺が彼女の心の傷を癒やしてみせればいいのだが……！

「それに、おそらく彼女が本物の聖女だからな」

「……」

「レオはどうする気だ？」

「覚悟はしている。だが、それとこれとは話が別だ」

国王《父》がマルクスをどうするかは俺にもわからない。だが、どうなろうと彼女の気持ちを無視する気はない。

俺は父のように愛人を作る気はもちろん、愛していない妻を迎える気もない。

そして、同じように、相手にも俺のことを好きになって欲しいと思っている。

まぁ、そうは言っていられなくなるかもしれないが……。

そうなる前に、彼女の気持ちを得たい。

「マルクス殿下が今更彼女を返せと言ってこなければいいがな」

「そんなことを言ってきたら、俺も一緒に帰るさ」

「そうだな。そのときは側近《そっきん》として、俺も一緒だ」

「ありがとう、ミルコ」

父は俺が第一騎士団にいることを知っている。

第一騎士団はエリートの集まりだから、今のところ父はなにも言ってこない。

だが――。

さすがにそろそろ父もなにか動きを見せるかもしれない。

そうなったとしても俺の心は決まっている。

シベルちゃんが悲しむようなことだけは、させない。

「聖女は幸せであればあるほど、その力を強く発揮する。彼女の幸せは、おまえが守ってやれ」

「ああ、そのつもりだ」

そうしたい気持ちは山々だ。しかし、具体的にどうすればいいのだろう。

なんでも相談してくれと言ったが、彼女からなにか相談を受けたことは一度もない。

まぁ、いつも楽しそうにしているから、本当に困っていることはないのかもしれないが……。

「どうしたら俺の気持ちに気づいてもらえるのだろうか……」

なんとなく、俺はいつも彼女に受け流されている気がする。

「ミルコ、君は女性から人気があるだろう？　なにかコツを教えてくれ」

ミルコは昔から、どこの街に行っても、どこの国に行っても、女性のほうから誘われている。

「レオもモテるだろ」

「俺？　いやいや、俺はまったく。君といたら声をかけられることもあるが、俺はおまけだろう」

「……おまえも相当鈍《にぶ》い男だな」

「？」

シベルちゃんのことをあまり言えないな。と言いながら、溜め息を吐くミルコ。

「まぁいい、確かに放っておいたら一生進展することがなさそうだから、教えてやろう」

「頼むよ」

深く息を吐くと、ミルコは真剣な瞳を俺に向け、改めて口を開いた。

「レオのその想いに気づいてもらえる、魔法の言葉がある」

「本当か！」

「ああ。よく聞け」

そんな言葉があるとは。教師からは習わなかったが、さすがミルコだ。

「とても簡単なことだ」

「……」

ごくりと唾を呑み、その言葉が告げられるのを待つ。

「〝シベルちゃん、愛してる。俺と結婚して欲しい〟はい、繰り返して」

「え……っ、なっ……」

ミルコから発せられた言葉は、本当に簡単なものだった。

「なにかと思えば、そんなストレートな……、無理だ!!　断られたらこれからどう接すればいい……!?」

「気持ちを伝えたいんだろう？　だったらどっちみち一緒だ。恐れるな」

「しかし、さすがにいきなり結婚してくれとは……！」

「その覚悟を持ってもらわないと困るだろう？　いずれそうなる可能性が高い」

「しかし……」

それはわかっている。

俺は王位を継ぐ気はなかったが、こうなった以上、それも視野に入れなければならない。

しかしまだ、シベルちゃんだけを王都に――マルクスのもとに戻すという道もあるだろう――。

「――そんな道あるか！　あいつはシベルちゃんをひどく傷つけたんだ。絶対に返さん」

「なんだ、突然」

「ミルコ、俺は覚悟を決めるよ」

王位継承争いには興味がなかった。俺はただ、静かに、平穏に暮らしていければよかった。

それでも第一王子であるせいで、マルクスの王位継承を危ぶむ者から命を狙われる可能性もあったから、早々に騎士団に入り、王都を出た。

しかし、マルクスのような男にこの国を――シベルちゃんを任せるわけにもいかないのだ。

「頼もしいな。その顔を見たら、シベルちゃんもきっとおまえに惚れるさ」

「約束するよ。この国の平和と本物の聖女《シベルちゃん》の幸せは、俺が守ると」

「どこまでもついていきますよ、レオポルト殿下」

「うん」

ミルコは口元に笑みを浮かべた後、そう言って右手を左胸に当てて頭を下げた。

◆なにもありません！　あるはずがありません！

それは、本当に突然だった。

「え……？　王都にですか？」

「ああ、君も一緒に来て欲しい」

真剣な表情で語るレオさんには、とても冗談で言っている様子は見受けられない。

「……わかりました。同行します」

「ありがとう。そして、本当に申し訳ないのだが、一刻も早く向かわなければならない。準備が整い次第王都に向けて発つから、君も急いで支度をして欲しい」

「はい！」

その報せが届いたのは、今朝だったらしい。

お城から届いた手紙には、王都に魔物が現れたということが書かれていたそうだ。それも、その数は一匹や二匹ではなかったそう。

王都には第二、第三騎士団がいる。

それなのに、騎士団の中で最も優秀な第一騎士団が招集されたということは、事態は深刻なのかもしれない。

トーリの街は、最近すっかり平和だ。

それでも近くの森に魔物の巣があることは確認済みなので、一部の者を残し、レオさんやミルコさん、ヨティさんたちを筆頭に、団員の半分ほどが王都に向かうことになった。

それに私も同行して欲しいとのことだった。


「シベル……」

「エルガさん」

私の荷物なんて少ないけれど、王都までは馬車でも数週間かかる。途中、街に立ち寄ることはできるけど、数日分の着替えなどをトランクケースに詰め込み、部屋で支度を整えていた私のもとに、エルガさんがやってきた。

とても心配そうな顔をしている。

「大丈夫ですよ、レオさんたちが一緒ですから」

「ええ……そうね。でも、これ……」

そう言ってエルガさんが私に差し出してきたのは、とても綺麗なエメラルドグリーン色の、手のひらサイズの石の置物。

「これは、私の祖母からもらったお守りよ。この魔石には聖女の加護があるって、祖母が言っていたの」

「まぁ……」

「だからきっと、あなたを危険から守ってくれるわ」

「……聖女の、加護……」

エルガさんからそれを受け取ると、なんだか身体がざわついた。

身体の奥から、なにかが溢れてくるような、言葉では言い表せない力を感じる。

きっとこれは本物だ――。

根拠もなく、そう感じた。

けれど、その力はとても弱まっているようにも感じる。

「……」

「……シベル？」

〝……どうかみんなをお守りください――〟

そう思ったときには、自然とその石を握りしめて目を閉じ、私はそう祈っていた。

私のような偽聖女の祈りなんて足しても、気休めにしかならないはずなのに。

「シベル、あなた……」

「エルガさん、この石はエルガさんが持っていてください。レオさんたちの不在の間に、なにもありませんように」

「……わかったわ」

エルガさんはなにやら目を見開いて驚いたような顔で私を見ていたけど、すぐに丁寧な仕草でその石を受け取ってくれた。


そして、お昼を過ぎた頃には、もう皆さんの準備は整い、王都に向けて発つことになった。

数台の馬車と、なにかあったときにすぐ対応できるよう、馬に乗った騎士様たちとで王都に向かう。


「ばたばたして悪かったね。もしなにか困ったことがあったら、遠慮なく言ってくれ」

「はい、ありがとうございます」

私が乗った馬車には、レオさんとミルコさん、それからヨティさんが乗っていた。

馬車が出発すると、隣に座っているレオさんが一息ついて、すぐに私を気にかけてくれた。

私はこれから、魔物が出て危険な王都に向かう……！

一刻も早く向かわなければならないし、王都にいるアニカやマルクス様、たくさんの人たちが心配……でも、だけど……！

その道中、数週間を、この方たちと過ごすというの⁉

この狭い馬車の中で数時間ともにするというだけで大変なことなのに……！

それが数週間も……ああ、王都に着く頃には私、息をしていないかも……‼

既に、こんなに鼓動が速いのだ。そのうち心臓が止まるに違いないわ。

でも駄目よ、これは旅行ではないのだから、楽しんじゃ駄目、シベル……‼

「大丈夫？　シベルちゃん。なんか顔が赤いけど……もしかして具合でも悪い？　まだ風邪が治ってなかったのかな？」

「いいえ……っ！　私はとても元気です！　元気すぎて困っているくらい――」

ななめ向かいに座っているヨティさんが、そう言って覗き込むように顔を近づけてきた。だから慌てて笑顔を浮かべ、元気であることをアピールする。

「……そっか、それならいいけど」

「はい！」

それから数時間、馬車での移動が続いた。

さすがというか、皆さんはとても冷静で、落ち着いていた。

これから魔物討伐に行くというのに、騎士様はいつだってその覚悟ができているのだろう。

王都が心配だし、少し怖いけど……この方たちが一緒なら、きっと大丈夫。

彼らは私にそう思わせてくれる。

……それにしても私は別の意味で緊張しているのだけど。

「――シベルちゃん、シベルちゃん」

「……ん」

レオさんたちと同じ馬車でとても緊張していた私は、どうやらいつの間にか疲れて眠ってしまっていたらしい。

レオさんが私を呼ぶ声が少し上から聞こえてきて、私は目を開いて顔を上げる。

「今夜の宿に着いたよ」

「……はい」

レオさんの顔が、とても近くにある。なんとなく、レオさんの頬がほんのり赤い気がする。

「…………」

「シベルちゃん？」

「あ……っごめんなさい……！　私――!!」

私ったら、なんてことを……!!

寝起きのぼんやりしていた意識が覚醒《かくせい》して、ようやく状況を理解した。

私は、隣に座っていたレオさんの肩を借りて眠ってしまっていたらしい。

「おはよう、シベルちゃん。団長の肩は寝心地よかった？」

「はい、とっても……じゃなくて、すみません！」

くすくすと笑いながらヨティさんにからかわれて、私の顔はおそらく真っ赤。

「レオさん、本当にすみません……!!」

「いや、俺は構わないよ。少しでも休めたなら、よかった」

団長様の肩を枕にしてしまうなんて……!!

それにミルコさんとヨティさんにも、寝顔を見られてしまった……!!

ああ、馬鹿シベル！　しっかりしなさい!!

私はまだ羞恥でいっぱいだけど、そんなことはお構いなく馬車の扉はミルコさんによって開けられる。

「どうぞ」

「……ありがとうございます」

先に降りたミルコさんに手を差し出され、私もその手に摑まらせてもらいながら馬車を降りる。

頼もしい手にドキッとしてしまうけど、それより後ろにいるレオさんが気になって仕方ない。

ああ……しばらく顔を見られそうにないわ。

その日は宿に隣接している食堂で食事をし、お風呂をお借りしてすぐに眠ることになった。

明日の朝も早いのだ。

私は女性なので、一人でお部屋を使わせていただけることになり、今日一日の出来事を思い出しながらなんとも複雑な気持ちで眠りに就いた。

明日からはあんな失態はおかさないよう、気をつけないと……！

＊

翌日は予定通り早く起きて、朝食を食べるとすぐに出発した。

今日もずっとレオさんの隣で馬車に揺られている私は、前を見たらミルコさんと目が合って、目線を少しずらすとヨティさんと目が合って、右を向いたらレオさんと目が合った。

……これは、幸せ地獄だわ……!!

目が合うと緊張してしまうけど、こんな狭い空間で、たくましい騎士様三人と一緒にいられるなんて……!!　もう心臓がもたない!!

「シベルちゃん、疲れてないか？」

「はい、大丈夫です！」

「しかし、今朝も早かったから、無理せず休んでくれて構わないからね」

「はい、ありがとうございます」

窓の外ばかり見ている私に、レオさんがそう声をかけてくれた。

でも、馬車での移動はずっと座っていられるから、常に身体は休めている。

……まぁ、緊張感はあるし、心臓はうるさく動いているけど……。

「むしろ団長は、昨日みたいにシベルちゃんに寄りかかって欲しいんじゃないっすか？」

「な、なにを言う！　そうではなくて、彼女は馬車での長距離移動に慣れていないだろうから、純粋に心配して――」

「膝枕もいいな」

「でも団長の膝じゃちょっと硬そうっすよね」

「まぁそうだな」

「あのなぁ！」

……な、なんて素敵な会話かしら!!

ヨティさんの言葉にミルコさんも乗ったけど、私としては想像するだけで胸が弾んでしまう。

レオさんの膝枕……太もも……。

ぜひお借りしたい……!!

「シベルちゃんが困っているだろう！　すまない、冗談だから、気にしないでくれ」

「え？　あ、はい……」

なんだ、冗談なのね。残念だわ。

なんて思いながらも、淑女として淑《しと》やかに微笑んでおいた。


「――この街を出たら、しばらくこの人数の宿を取れるような街がない。しかし少しでも先に進みたいから、シベルちゃんには少し辛い思いをさせてしまうが、今夜は野営になることを覚悟して欲しい」

その日の昼食後、レオさんは神妙な面持ちで私にそう言った。

「お気遣いありがとうございます。ですが私は平気ですので、どうか少しでも早く王都に着ける道を選んでください」

「そう言ってもらえて助かるよ。だが君に危険が及ばぬよう、俺たちが全力で守るから、安心して欲しい」

「ありがとうございます」

野営なんて経験したことはないけれど、レオさんたち騎士様がいてくれたら怖くなんかない。

私を気遣ってくれながらも、その道を選んでくれたことがむしろ私は嬉しい。

私も皆さんの仲間だと認めてもらえたような気分だ。

……全然頼りないのだけど。

そういうわけで、王都への近道として、その街を出た私たちは川沿いに進むことになった。

もしかしたら魔物が出るかもしれないとも言われて少し緊張したけれど、ありがたいことに危険なことは起きなかった。

そして日が暮れた頃、少し開けた場所で野営することになった。

今晩の夕食には、先ほどの街で買っておいたパンに、ハムや野菜を挟んだサンドイッチと、簡単なスープを作ることにした。

「あ～、美味い！　シベルちゃんのスープがあれば元気が出る！」

「本当、同じ食材なのに不思議だよね」

「うふふふ、よかったです。たくさん食べてくださいね」

皆さんの疲れが少しでも取れますようにと、愛情をたっぷり入れていますからね。

こうして喜んでいただけるなら、私も少しは皆さんのお役に立てているということかしら。

エルガさんはいないんだし、しっかりやらなければ！


食事が済んだら、騎士様たちが今夜眠るためのテントを張ってくれた。

「シベルちゃんはここを使ってくれ」

出来上がったテントのうちの一つの前に私を連れていき、レオさんがそう言ってくれる。

「……ですが」

「ああ、不安だよね。でも大丈夫。交代で見張りを置くから、安心して眠ってくれ。俺もミルコも隣のテントにいるから、少しでも異変があればすぐに起きる」

「……」

私が言っているのは、そういうことではない。

騎士様たちはみんな、数人でそのテントを使うようだ。もちろん団長であるレオさんも、例外ではない。

女性は私一人だから仕方ないのはわかるけど……なんだかものすごく、申し訳ない。

「おいおい、狭いだろ！　もっと詰めろよ！」

「これ以上行けないんだって！　おまえが詰めろ！」

「……」

「シベルちゃん？　やはり不安か？」

既にテントに入っている騎士様たちのそんな声が耳について、余計に心苦しくなる私。

「あの……私一人でこのテントを使わせていただくわけにはいきません」

「え？　いや、しかし」

「私、見張りで立ちます！　昼間に十分馬車の中で休めていますので、テントは皆さんで少しでも広く使ってください！」

「いや、そんなわけにはいかないよ」

魔物が出ても、王都に着いても、私にはなにができるかわからない。けれど少しでも皆さんの役に立ちたい。

「もしなにかあったらすぐに起こします！　見張りくらいなら私にもできます!!」

「シベルちゃん、気持ちは嬉しいが、君にそんなことをさせるわけにはいかない」

なんとか私の気持ちを伝えようとしたけれど、残念ながらレオさんはそれを許してはくれない。

「ですが、」

「じゃあ、俺たちのテントを一緒に使ってもらえばいいんじゃないか？」

「「え？」」

なおも食い下がろうとした私とレオさんの会話を聞いていたミルコさんが言った言葉に、私たちは同時に声を上げる。

「元々俺とレオの二人で使う予定だったテントに、シベルちゃんも入れればいい。そしたら彼女が使う予定だったテントが一つ空く」

「なるほど！」

「いや、待て、なにを言ってる！　ミルコ!!」

団長と副団長であるお二人は、二人で一つのテントを使う予定だったようだけど、他の方はどうやら三、四人で一つを使うようだ。

使えるテントが一つ増えればいいのだから、お二人さえよければそうさせていただきたい。

「せっかくシベルちゃんがこう言ってくれているのだから、構わないだろう」

「はい！　お二人のテントが狭くなってしまいますが……それでもよろしければ、ぜひ！」

「いやいやいやいや、君までなにを言っている、シベルちゃん！」

「まさかレオ、おまえはこんなときに変なことを考えているわけじゃないだろう？」

「……それはもちろん……っ！」

変なこと……？

私は考えてませんよ⁉　レオさんとミルコさんが無防備に眠っている姿が見られるかもしれないとか、近くでお二人が眠っているなんてそんな美味しい話こちらから喜んで受け入れますだなんて……！

私はあくまでも、皆さんが少しでもゆっくり休めるようにと……‼　本当です‼

ミルコさんがおそらく冗談でレオさんに言った言葉に、私はひやりとしたものを感じながら、咳払いをして気を取り直す。

「レオさん。私のことを気にかけてくださってありがとうございます。ですが、私がトーリに来たばかりの頃、レオさんは言ってました。〝ここにいる仲間はみんな家族のようなものだ〟と。ですから、私も皆さんと家族の一員になれたと思っています」

「シベルちゃん……」

「私が女であることは理解していますが……でも、お二人のことはもちろん信頼しています！お二人が私をそういう目で見ていないことはわかっています！　同じテントで寝ても、なにもありません！　あるはずがありません‼」

「………シベルちゃん……」

熱くそう語れば、レオさんは泣きそうな顔で「そうだね……」と言って頷いた。

きっと私の気持ちが伝わったんだわ。

私がいかがわしい気持ちでいるわけじゃないって、わかってくれたわよね？

「それじゃあさっさと寝よう。あ、俺は一時間ほど最初の見張りを引き受けるから、二人は先に寝ててくれ」

ミルコさんはそう言うと、レオさんと私をテントの中へと促した。

「え……？」

「わかりました！」

ミルコさんの言葉に頷いて、私は早速お二人のテントに身を入れた。

◆狭い。詰めろ

「おやすみなさい、レオさん」

「ああ……おやすみ、シベルちゃん」

なぜ、こうなったのだ……!?

野営することになるのは覚悟していたから、テントはいくつか用意してあった。

だが、なぜ俺はシベルちゃんと同じテントで寝ているのだ!?　これは予定になかった!!

しかも、ミルコはなぜ副団長のくせに見張りを引き受けたのだ……!?

俺たちに純粋で綺麗な瞳を向けてくれたシベルちゃんの信頼を裏切るような真似をする気はない。

だいたい、今はそういうときではないし。

だが、こんな狭い空間にシベルちゃんと二人きりで身体を横にして、眠れるはずがないだろう……!!

「……」

「…………シベルちゃん、やはり眠れないいんじゃないのか？」

「えっ、あ……いいえ、寝ますよ、大丈夫です！」

「そうかい？」

先ほどから彼女も、ちらちらと俺に視線を向けてきているのがわかる。

やはり警戒しているのだろう……。

「シベルちゃん。今回のことだが、無理を言ってついてきてもらって、本当にすまなかった」

「いいえ。私に、お料理以外にもなにかお役に立てることがあるといいのですが」

二人ともすぐに眠れそうにないことを悟り、俺は彼女に話しかけることにした。

俺に変な気はないのだということがわかれば、そのうち安心して眠ってくれるかもしれない。

口では元気だと言ってくれるが、馬車での移動で疲れているはずだ。

「きっと君にしかできないことがあるよ」

「そうでしょうか？」

俺が気休めでそう言ったと思ったのか、シベルちゃんがくすっと小さく笑った。

「君は……もし自分が真の聖女だとしたら、どうする？」

「え？　……でも、聖女は義妹のアニカで……」

「君の義妹がいる王都が魔物に襲われているんだ。逆に、トーリは君が来てからとても平和だ」

「……」

俺やミルコはもう確信している。

本人に自覚はないようだが、真の聖女はシベルちゃんで間違いない。

彼女は以前、ウルフの群れを一瞬にして倒してしまったのだから。あれは聖女の力だ――。

それをどう彼女に伝えようか……。

「もし、マルクスが君を真の聖女だと認めたら、君はマルクスの婚約者に戻りたいかい？」

自分で聞いておきながら、嫌な汗が流れるのを感じた。もし「はい」と答えられたら、俺はどうするつもりなのだろうか。

「それは……正直、戻りたくありませんね」

しかし、遠慮がちに紡がれたシベルちゃんの言葉に、俺は心底ほっとする。

「こんなこと言ってはいけないのかもしれませんけど。でも私は、第一騎士団の皆さんのところで働けて本当に毎日が楽しくて、幸せです。もし、レオさんが言うように私が本物の聖女なのだとしたら……やっぱり国のために尽力したいです。でも……できれば私はこれからも皆さんと一緒にいたいです」

「シベルちゃん……」

自然と彼女のほうに顔を傾けると、シベルちゃんもこっちを向いて、微笑んでいた。

その顔が本当に可愛くて、愛おしくて。

つい、彼女のほうへ、手が伸びた。

「……レオさん？」

俺の手は、簡単に彼女の白くてなめらかな頬に届いた。

すると彼女はぴくりと肩を震わせたような気がした。

「俺も、できればこれからもずっと君と一緒にいたい」

〝俺が王子だったら、君は俺と一緒にこの国の平和を守ってくれる――？〟

そう、喉まで出かかった言葉は、結局呑み込んだ。

それは今判断させることではない。

「……嬉しいです。とても。私、これからも第一騎士団の皆さんのお世話ができるよう、頑張りますね！」

「……うん、そういう意味で言ったのではないのだが……」

「？」

彼女の頬に触れた指先が、小さな唇を撫でようとしたが、シベルちゃんがあまりに明るく笑ってそう言うものだから、我に返ってその手を引っ込めた。

「たとえどんな結果になろうと、俺が持ち得る最大限の力で君の幸せを守るよ」

「まぁ、団長様にそう言ってもらえたら、私は無敵ですね」

「そうだな」

それから二人で笑い合って、いつの間にか彼女は目を閉じて眠りに落ちていった。

シベルちゃんの幸せそうな寝顔をそっと見つめながら、俺の心はとても穏やかに満たされていった。

＊

「――シベルちゃん、寝たのか？」

「ああ」

それからしばらくして、ようやくミルコがテントに入ってきた。

テント入り口側にそのまま座り、静かに語りかけてくるミルコに俺は静かに頷く。

「口づけの一つでも交わしたか？」

「……っ⁉」

しかし、続けられた友人の言葉に、俺はつい大きな声を出してしまいそうになったのを、なんとか堪えた。

「するはずないだろう……！」

「なんだ。せっかくチャンスをやったのに。本当に奥手だな」

「……っ」

はぁ、と溜め息交じりにそう言われ、俺の心臓はどくどくと鼓動を速める。

「まさか、そのために見張りなんて真似を――」

「誰かが背中を押してやらないと、おまえたちは一生そのままだろうからな」

「……うっ」

そう言われて否定できない自分が不甲斐ないが、だからといってやはり急《せ》いてもいけない。

「狭い。詰めろ」

「……！」

ミルコはそう言って俺の身体をぐいぐい押してきた。

「おやすみ」

そしてシベルちゃんとの距離が縮まって動揺する俺を残して、さっさと寝てしまった。

◆……羨ましい

なんだかとっても懐かしい夢を見たような気がする。

昔……父がまだ生きていた頃、一緒に騎士団の演習を見に行ったときの夢――。

そのとき私は、父とはぐれて迷子になった。

九歳だった私は、人の多さに不安になり、父と離れてしまった心細さに泣いてしまいそうになっていた。

『どうしたの？』

そのとき、一人の若い騎士様が話しかけてくれた。

そう――その騎士様は、髪が黒くて、晴れた日の青空のように綺麗な目をした、背の高い人だった。

この人だ。この人が私の初恋の、黒髪の騎士様だ。

それから彼は、私と一緒に父を探すのを手伝ってくれた。

彼のおかげで無事父と再会できて、その爽やかな笑顔に私は恋をしたのだ。

その後、彼らの演習を見て、騎士という存在の偉大さを知った。

騎士様を好きになるきっかけも、すべて彼だった。

「むにゃむにゃ、きしさま……くろかみの……きしさま……」

「シベルちゃん、朝だよ」

「うーん……」

とてもあたたかくて、気持ちよかった。

硬いのにやわらかくて、いい匂いがして、なんだかとても心安らぐ温もり――。

「おはよう、シベルちゃん」

「……黒髪の騎士様？」

「ん？」

目を覚ましたら、目の前にその人がいた。

あのときの騎士様だ。

少し大人っぽくなっているけれど、私の初恋の、黒髪の騎士様――。

「――レオさん!?」

「うん？　おはよう」

「あ……あっ……あ!?」

どうやら私は、レオさんのたくましい腕に頬を寄せるようにしてぴったりとくっついていたらしい。

「ごごごご、ごめんなさい……っ私――」

「いや、少し寒かったのかもしれないね。風邪を引いていなければいいのだが」

「はい……本当に、失礼しました……!!」

「いや……」

慌ててレオさんから離れて、状況を把握する。

そうだ、昨日はレオさんとミルコさんと同じテントで寝て……。

私ったら、呑気に先に寝てしまったのね。もう、シベルの馬鹿！

レオさんも照れたような顔で笑ってくれたけど、きっと相当困ったと思う。

でも優しいから、私を振り払うことをしなかったのね。

本当にごめんなさい……。でもおかげで、とてもいい夢が見られました。

……そうだ、夢。

私は思い出した。

初恋の黒髪の騎士様は、物語に出てくる空想上の人物じゃない。

私が九歳のときに父と行った騎士団の演習場で会った、あの人だ。

そしてたぶんその騎士様は、当時十七歳だったレオさん――。

「……」

「シベルちゃん大丈夫？　まだ寝惚けているのかな？」

「あ……はい、そうかもしれないです」

「はは、よかったら一緒に顔を洗いに行くかい？」

「はい、そうします」

ぼんやりとレオさんのことを見つめていたら、そう言って手を差し出された。

素直にその手に掴まって立ち上がり、テントを出る。ミルコさんはもういないようだ。

レオさんは昨夜、この手で私の頬に触れた。

レオさんの大きな手と真剣な眼差しに、私の胸は高鳴った。

それにレオさんは、あのときも……、不安になっていた私の手を、こうして握ってくれたのだ。私がレオさんの手にときめいてしまうのはそれが理由だろうか――。

「足下気をつけて」

「はい」

そのままレオさんの手を掴みながら、私たちは近くを流れている川まで歩いた。

けれど、

「あ、団長も水浴びっすか？」

「シベルちゃんと一緒はさすがにまずいでしょ！」

「え……!?」

川には、先客がたくさんいた。

それも皆さん、服を脱いで川の水を浴びている……!!

「……～～っ」

「シベルちゃん……っ」

寝起きにこれは、刺激が強すぎます……!!

下穿きは穿いていたけれど、たくましい腕も、太いふくらはぎも、形のいい胸筋も、腹筋も、背筋も――全部丸見えです……!!

一瞬にしてはっきり目覚めたのと同時に、ぼんっという音が聞こえたような気がして熱くなった顔をさっと逸らしたら、レオさんが私の肩を支えるように触れた。

「すまない、向こうに行こうか」

「……はい」

そのままレオさんにもう一度手を引かれて、私たちはそこから少し離れた川辺で顔を洗った。

「すまないね、俺の配慮が足りなかった」

「いいえ……構いません。少し驚いてしまいましたが」

そうか、以前エルガさんも言ってたっけ。これからもこういうことがあるかもしれないって。

エルガさんは結構慣れているようだったものね。

……羨ましい。

「レオさんも、水浴びがしたいのでしたらどうぞ、私に構わずしてくださいね。ここで待っていますから」

「えっ？　ああ、ありがとう。でも俺は大丈夫だよ、今夜はどこかで宿を取ろうね」

「遠慮しなくていいのに……」

「え？」

「いいえ」

……すみません、レオさん。

すみません、騎士の皆さん……。

こんな女が混ざっていて、ごめんなさい……！

でも、朝からいいものを見ました。

これで私は今日も一日頑張れそうです!!

◆聖女が帰ってきた

ああ……困った、困った。大変なことになったぞ。

王都に魔物が出て第三騎士団を討伐に向かわせたが、彼らは未だ帰ってきていない。

それどころか応援を要請され、第二騎士団の一部が討伐に加わった。

そこでとうとう、辺境の地・トーリに派遣されている第一騎士団の者までも、王都へ呼び寄せることになった。

もちろん、シベルも一緒に、だ。

魔物が出たというのに、アニカは相変わらずまったく聖女の力を使わない。

そもそも聖女はいるだけでその地が平和になると言われているのに、なぜ王都に魔物が出るのだ!?

たとえまだ真の力に目覚める前なのだとしても、遠い辺境の地に出るのとはわけが違う……!!

しかもアニカは毎日好きなことばかりして幸せなはずじゃないのか!?

聖女は幸せであればあるほどその力が強くなると言われているのに、一体なにが足りないというのだ……！

どうすればアニカは聖女の力に目覚めるのだ……!!

「いい加減にしてくれ、アニカ！　聖女である君が頼りなんだ！　聖女なら、その力で魔物たちを鎮《しず》めてくれ!!」

かなりの人数の騎士を魔物討伐に出してしまったせいで、今は城の守りが薄くなっている。もしも今、城周辺に魔物が出ようものなら……城《ここ》もどうなってしまうかわからない。

だから僕はとても焦っている。

「……できません」

「なぜだ!?　君は聖女なのだろう!?」

もう何度もアニカを呼びつけてそう言っているが、彼女はいつも瞳に涙を溜め、怯えるだけ。

「私だってなんとかしようと試みているのです……！　ですが、全然なにも起きないのです……！」

「なぜだ、君は聖女の力を使ったことがあるのだろう!?」

「……そのときは、自然にできたのです……。特になにかしたわけではありませんでした……」

「じゃあ――」

「マルクス様が愛してくれないから……力が発揮されないのです……」

「なんだと……？」

続けられたアニカの言葉に、僕は耳を疑った。

「私は幸せではありません……マルクス様の婚約者は、思っていたのとは全然違います……っ！　デートもできないし教養を身につけろとうるさく言われるし……それに、どうして王都に魔物が出るのですか!?　今までそんなことなかったのに……一体どうなっているのですか……!!」

「僕が知るか！　君のような我儘な女、愛せるものか……!!」

「酷い……っ！」

あー、イライラする。なんなんだ、この自分勝手な女は。

シベルは違った。可愛げはなかったが、こんなに自分勝手ではなかった。

これならシベルのほうがまだマシじゃないか。そのうえシベルが真の聖女だとしたら――。

「アニカ……！」

そこで、ようやく呼びつけていたアニカの母親がやってきた。

「ヴィアス夫人。あなたは彼女が聖女の力を使っているところを見たと言ったな」

「はい……」

「そのときの状況を具体的に話せ」

「それは……」

証拠がない。それは仕方ないことなのかもしれない。シベルが聖女の力を使っているのを見たと言ったリックもそうだが、実際に聖女の力を使っているところをこの目で確かめない限り、確信を持つのは難しいだろう。

だから僕はその言葉を信じたのだ。だがリックからは、シベルが聖女の力でウルフの群れを一瞬にして倒してしまったと聞いた。では、アニカはなにをしたのだろうか？

今できることは、その力を比べることだ。

「これは命令だ」

有無を言わせないように鋭く睨んで告げると、ヴィアス夫人はおずおずと分厚い唇を開いた。

「小鳥が……」

「鳥？」

「はい、アニカが、面倒を見たら……、弱っていた小鳥が元気を取り戻したのです！　あれはまさに聖女の力……！　それから、この子が育てた花はとてもよく育ちますし、この子には特別な力が――」

「それだけか？」

「……え？」

「アニカはその鳥を一瞬で治したのか？」

「一瞬ではなかったですが……」

「それだけでアニカが聖女だと？」

もっと具体的な、決定的ななにかを見たという話ではなかったのか？

たとえば祈りを捧げて一瞬にして怪我を治しただとか、せめて聖なる光を放っただとか――。

僕から目を逸らして言い淀む母親は、アニカに聖女の力などないということに、薄々気づき始めていたのかもしれない。それでも娘が聖女だと信じてきたのだろう。それは、とても都合のいい解釈だったようだが――。

ああ、なぜ僕はあのときにすぐ確認をしなかったんだ……！

シベルは聖女ではなく、アニカが真の聖女であると……アニカが聖女の力を使っているところを見たと言われて、あのときは簡単に信じてしまった。

〝やはりな〟と、そう思ってしまったのだ――。

「ですが、シベルはこの子以上に聖女らしいことをなに一つしていません!!　聖女はアニカです、殿下!!　信じてください!!」

「では見せてみろ」

「え……」

「魔物が出たのだ。今すぐ聖女の力を見せろ!!」

苛立ちが頂点に達し、大きな声を出してしまった。

するとアニカも母親もびくりと肩を震わせ、アニカは瞳に溜めていた涙をぼろぼろと溢れさせた。

「……む……、無理です……っ使い方がわかりません……っ」

本当にこの女は、この期《ご》に及んで今更なにを言っているのだ。勘弁してくれ。今まで散々聖女として偉そうに振る舞ってきたくせに、力の使い方がわからない？　ふざけるな……！

「くそ……っ！」

「だから俺は言っただろ？　聖女はシベルのほうだよ」

その様子を黙って見ていたリックが、呆れたように溜め息を吐いて言った。

「第一騎士団とシベルの到着はまだか!?」

「まぁ落ち着けよ第二王子。あなたがそんなに取り乱してどうする」

「……っ」

まるで他人事のように息を吐いて僕の肩に手を置いたリックだが、こいつはなにもわかっていないのだ。

もし本物の聖女がシベルで、その聖女を僕が追放したせいで王都がこんなことになってしまったということが公《おおやけ》になれば、僕は終わりだ……!!

王位を継ぐどころか、下手をすれば廃嫡《はいちゃく》されて罰を受けるかもしれない……！

「シベルが聖女だと思ったのなら、なぜあのとき彼女を連れて戻らなかった」

リックの手を大きく振り払い、睨みつける。

「は……？　なに、俺が悪いの？」

「そうだ！　なんのためにおまえをトーリに送ったと思ってる⁉　使えない男だ‼」

やり場のない怒りを幼馴染であるこの男にぶつけてしまえば、その途端彼の顔色が変わっていった。

「ああ、そうですか。だったら俺のことも追い出すか？　よく調べもしないで人のせいにばかりしていたら、あなたの味方は誰もいなくなりますよ。第二王子のマルクス殿下」

「黙れ‼」

僕が一番気にしていることを敢えて口にするリックに怒りをぶつけるように叫んだ。

僕は第二王子だが、生まれる順番が兄より遅かっただけで、正妃の息子なのだ。だから、僕がこの国を継ぐ王太子に相応しいはずなのだ――！

それなのに、まずい。非常に、まずい。一体どうすればいいんだ！

――いや、待て。まだ希望はある。

第一王子である兄が王都に来なければいいのだ。

王子が僕だけなら、王位を継ぐのは僕だ――！　僕しかいない‼

そうだ、シベルが到着したら、彼女に謝罪して許してもらおう。

シベルはアニカをいじめていたと言っていたが、それはアニカに嫉妬したせいだ。

僕はシベルを愛していると伝えて、もう一度、今度こそ真の聖女として僕と婚約すれば、きっと彼女は僕のもとに帰ってきてくれる！

「マルクス様!!　大変です！　城に魔物が向かっていると報せが入りました!!」

「なんだと!?」

そのとき、従者がものすごい勢いで部屋に飛び込んでくるなり、そう叫んだ。

「殿下はお逃げください！　ああ、アニカ様、どうか、どうか聖女様のご加護を……！」

「わっ、私には無理です……マルクス様助けてください……っ！」

アニカを聖女だと信じている従者たちが、すがるような顔をしてアニカを連れていこうとする。

アニカは涙を溜めた瞳で訴えるように僕を振り返る。

「おいマルクス、どうする!?」

「……っ」

それを見たリックも僕に、指示を出せというように声を出したが、僕の知ったことか。

今ここで僕がアニカを止めれば、アニカが聖女ではないと認めたことになってしまうではないか。

まだシベルが到着していないのに、それはまずいだろう……？

「ワイバーンです!!　マルクス様！　ワイバーンの群れがこちらに向かっています!!」

「な……、なんだと!?　どうしてこう、次から次に……！」

続いて転げるようにやってきた従者が、大声でそう叫ぶ。

魔物とはまさか、よりによって飛龍《ワイバーン》だとは……!!

実物を見たことはないが、知識として知っている。奴らは飛ぶから剣で戦うのが難しく、厄介だ。これはいよいよまずいぞ。

これではまるで、王都がトーリのようではないか……!!

「マルクス様は、早く地下通路からお逃げください……!」

くそ……、もう逃げるしかないのか……？　せめて、シベルが到着するまで時間を稼ぐしか、道はないのか!?

歯を食いしばって窓の外に目をやると、ここからでもなにかがこちらに向かって飛んできているのが見えた。

あの数のワイバーンを討伐するのは、王宮騎士団でも容易ではないだろう。

せめて魔物討伐に秀でている第一騎士団がいてくれたら……！

ああ、もう無理だ……。僕は終わりだ。最悪、あの空飛ぶ蜥蜴《とかげ》に食われて死ぬかもしれない――。

「俺は戦いに行く!!」

「リック……」

「俺は炎魔法が使えるからな。第一騎士団の到着まで、少しは時間が稼げるはずだ!!」

絶望した僕にそう言い残して駆け出した幼馴染の勇ましい背中を見つめながら、僕は本当にとんでもないことをしてしまったという後悔の念に襲われた。

〝こんなことになるなんて〟

そんな言い訳が通用しないということは、もうわかっている。

視線を落とすと、随分ふくよかになったアニカが床にしゃがみ込んで泣いていた。

従者はそんなアニカに助けを乞い、アニカの母親はおろおろしながら娘の肩を抱いている。

……安易にシベルを追放すべきではなかった。

しかし本当に、まさかこんなことになるとは思わなかったのだ……。

僕は知らない。本物の魔物なんて見たことがなかった。魔物がいるのは知っていたが、現実味がなかったのだ。

この国は——僕の周りは、とても平和だったのだから。

「マルクス様!」

「……」

窓の側《そば》に歩み寄り、じっくりと外に目をやる。この部屋からはすべてがよく見渡せる。騎士たちが剣を抜き、弓矢を放ち、戦っている。

僕はいつもそれらの訓練を、どこか他人事に思いながらこうして眺めていた。

王の子として生まれ、運よく聖女が誕生した代の王となれることを喜び、なにもしなくても聖女が勝手にこの国を平和にしてくれるだろうと思っていた。

周辺諸国ともいい関係を築けている。聖女がいれば、これからも安泰だ。

僕は運のいい王子だと――あとは兄ではなく、自分が王太子としての地位を得ればいいだけだと思っていたのだ。

「……僕が間違っていたのか」

「マルクス様……」

心の声が漏れたように呟いた言葉に、アニカが反応した。それでも僕は外で戦っている騎士たちから目を離さなかった。

迫ってくるワイバーンの群れに、彼らは弓矢を放つが、当たらない。それでも諦める様子を見せる者は一人もいなかった。だが、もう駄目だ。きっと全員殺される。

――そう思ったときだった。

突然、ワイバーンたちの動きが鈍りだしたのだ。騎士たちが放つ矢が、どんどん当たり、ワイバーンは地に落ちていく。

「一体、なにが……」

「第一騎士団だ!!」

「!?」

従者の一人が叫んだその言葉に遠くを見れば、こちらに向かって数台の馬車と馬が走ってきているのが目に映った。

ああ……聖女《シベル》だ。シベルが帰ってきたのだ――。
それを悟った僕の身体から、ふっと力が抜けていった。

◆君がやったんだよ、シベルちゃん

王都に到着すると、ワイバーンの群れがお城に向かって飛んでいるのが見えた。

「急ぐぞ!!」

レオさんのかけ声とともに、一気に緊張感が増す。

アニカやマルクス様……それにお城の人たちは大丈夫かしら？

どうか……どうかみんな無事でいて――。

「……シベルちゃん？」

自然と手を組んで目を閉じ、そう祈っていた私の名前を、ヨティさんが不思議そうに小さく呼んだ気がした。

＊

王城が見えてくると、騎士団の皆様がワイバーンに応戦しようと弓矢を放っているのが見えた。

あれは第二騎士団の方たちね……？　苦戦している……!?

ワイバーンは空を飛ぶ。だから剣がなかなか届かないので、厄介な相手だ。

酷い状況だわ……！　騎士様たちは一生懸命戦っているのに、ワイバーンにはその攻撃が効いていない……!!

「シベルちゃんはここにいて！　ミルコ、シベルちゃんを頼むぞ!!」

「レオさん……！」

第二騎士団とワイバーンが戦っているところまで、まだ少し距離がある。

けれどレオさんは一旦馬車を止めさせて降りると、近くにいた騎士様が乗っていた馬に乗り換え、そちらに向かって駆け出した。

他の馬に乗っていた騎士様たちもそれに続く。

「私も行きます！」

「駄目だ、シベルちゃんは俺とここにいて！」

「でも……っ」

勢いよく馬車を降りた私の身体は、ミルコさんの手によって制止されてしまう。

確かに私は戦えない。

でも、ここでただレオさんたちを心配して見ているだけだなんて……！

「レオさん……」

あっという間に参戦すると、レオさんは馬の首元に備わっている弓置きから弓矢を手に取り、ワイバーン目がけて放った。

見事命中し、一体が苦しみながら落ちてくる。

すごいわ。さすがレオさん……！　でも、数が多い……。

思ったよりもワイバーンの動きは速くないけれど、やはり空を飛ばれていては戦いにくい。

なにか……私にもなにかできることは……。

レオさんをはじめ、騎士様たちが戦っている姿を見つめながら、私はどんどん高揚《こうよう》していく。

「……シベルちゃん？」

ミルコさんが、先ほどのヨティさんのように不思議そうに私の名前を呼んだ。

でも今は、レオさんから目が離せない――。

「レオさん!!」

そう思った、まさにそのとき……!!

一体のワイバーンが、レオさん目がけて飛んできた。

危ない!!

嫌だ。レオさんになにかあるのは、絶対に嫌――!!

強くそう思いながら彼の名前を力いっぱい叫んだ瞬間、辺りがぱぁっと光に包まれたように見えた。

「え……？」

そして、その光を浴びた途端、空を飛んでいたワイバーンがばたばたと地に落ちてくる。

レオさんに襲いかかろうとしていた個体もそうだ。

けれど、頭を守るために掲げていたレオさんの腕に、その個体は当たったように見えた。

それなのに、レオさんはけろっとしている。

レオさんって、そんなに頑丈だったの？

「レオさん……！」

「シベルちゃん」

たまらず駆け出した私がまっすぐレオさんのもとまで行くと、彼の胸の辺りが、先ほど見たのと同じような光で覆われていた。

「レオさん、それ……」

「ああ、これは以前君にもらった魔石のペンダントだ……」

そう言って、レオさんは服の下から前に一緒に街に出かけた際に私がプレゼントした青い石のペンダントを取り出して見せた。

あのとき私は、店主に言われるがまま、レオさんの身を魔物や危険から守ってくれるよう、その石に祈ったことを思い出した。

「君が祈ってくれたおかげだな」

「……ずっとつけていてくれたんですね」

「もちろん」

レオさんに怪我がなくてほっとするのと同時に、いつもそれを身につけてくれていたのかと思うと胸の奥がきゅんとする。

素直に、嬉しい。

「レオ……」

「ああ」

まったく息を切らさずに私と一緒に走ってきてくれたミルコさんが、レオさんに目で合図を送った。

そうだ、この状況は一体どういうことだろう？　どうして急にワイバーンは落ちてきたの……？

「君がやったんだよ、シベルちゃん」

「え？」

きょろきょろと辺りを見回している私に、レオさんが静かに、けれどはっきりと言った。

「君は覚えていないだろうけど、前にもウルフの群れに同じことをした」

「前にも……？」

「そう。あのときはその力を使った後、気を失ってしまったが……今は平気かい？」

ミルコさんも、レオさんと同じような真剣な視線を私に向けている。

気がつけば、他の騎士様たちもこっちを見ていた。

「平気です……」

「よかった」

「でも、どうして私が……私はなにも――」

「君が真の聖女だからだよ、シベル・ヴィアス嬢」

「国王陛下！」

騎士様たちがはっとして跪《ひざまず》いたと思ったら、低く、威厳のある声が私の名前を呼んだ。

振り返れば、そこには陛下とマルクス様、それから少し横に大きくなったアニカの姿があった。

「よく戻ったね」

「国王陛下、ご機嫌麗《うるわ》しく、ご挨拶申し上げます」

「よいよい、今はそれどころではないだろう。皆も顔を上げよ」

陛下のお言葉に、私やレオさんら騎士様たちも下げていた頭を上げる。

マルクス様とアニカは、ばつが悪そうな顔で私から目を逸らしていた。

それにしても、私が真の聖女って――。

「たくさんの者が見た。君が聖女の力を使っているところを。私は昔、祖母がその力を使っているところを見たことがある。君が使ったのは間違いなく、聖女の力だ」

「は……っ」

返事をしつつも、実感が湧かない。

私が真の聖女？　アニカじゃなくて？

「その力を見たことがある者は少ないからね。君の義母が勘違いしてしまったとしても仕方がないかもしれないが――この国を継ぐ者として、それをろくに確認もせず、王都から追放するとは、愚かなことよ」

「……っ」

陛下のお言葉に、マルクス様は俯《うつむ》き、ぎゅっと拳を握った。震えている。

「おまえの処分は後ほど下すとして――シベルよ」

「はい」

「私にはもう一人息子がいる。こいつの兄――第一王子である男だが、君にはそちらと一緒になってもらいたいと考えている」

「……まぁ」

突然の陛下のお言葉に、私はつい息を漏らすように声を出してしまった。

「どうだろうか」

「……陛下の、お心のままに」

「うむ」

今はそう答えるしかない。

陛下のお言葉に背くことも、聖女が王子と結婚しないことも、きっと許されないのだから。

いいじゃない、シベル。少し前に戻るだけよ。

私はずっと、王子と結婚するために妃教育を受けてきたじゃない。

相手がマルクス様から、その兄に変わるだけよ。……会ったこともない人だけど。

だけど、なぜだろう。とても胸が痛い。苦しい。

私はもう、騎士団の寮で皆さんと過ごすことができないのね……。

陛下に身体を向けている私の半歩後ろにいるレオさんが今どんな顔をしているのか、見たいような、見たくないような……。

なんとなく怖くて、彼の顔を窺えない。

でも私は今、レオさんのことがとても気になっている。

「国王の名のもとに今ここで宣言する！　真の聖女は、シベル・ヴィアスである！」

よく響く声で陛下がそう宣言すると、辺りにいた騎士様たちが一斉に沸いた。

「聖女様、聖女様が力に目覚めたぞ！」

「これでこの国は安泰だ！」

「シベルちゃんが聖女だったのか、すごいな！」

「俺は最初からそうじゃないかと思ってたっすけどね！」

「嘘つけ、ヨティ！」

第一騎士団の方だけじゃなく、第二、第三騎士団の方たちも一斉に私に注目し、歓声を上げた。

だけど騎士様たちの嬉しそうな声と表情に、私の胸は複雑に揺れていた。

＊

ワイバーンの一件から、三日が経った。

騎士様たちは事後処理に追われて、大変なようだ。

炎魔法が得意なリックさんは、あの日は命がけでワイバーンからお城を守ってくれたらしい。

そのおかげか、襲われた者はいないようなので、本当によかった。

私は再び王子妃となるため……そして正式に聖女として宣言されたため、あの日から今日までを王城で過ごしている。

待遇はこれまで以上にいい。

けれど、あれからレオさんやミルコさんたちには、会えていない。

きっと忙しいのだと思うけど、毎日顔を合わせていた家族のような人たちに会えないのは、とても寂しい。

エルガさんも、元気かな……。

私が聖女だということは、もうトーリには戻れないのよね。

寮母の皆さんや、向こうに残っている騎士様たちにはもう会えないのかしら……。

それが宿命だとしても、やっぱり寂しいわ。

「……」

「シベルちゃん」

「！　レオさん!?」

みんなが寝静まった頃、私に与えられた立派な部屋のバルコニーに出て、ぼんやりと外を眺めていたら、下から名前を呼ばれた。

声がしたほうを見ると、ひらひらと片手を振っているレオさんの姿。

「どうしたんですか？」

「君の顔が見たくて。まさか本当に見られるとは思わなかったけど」

「今、行きますね!!」

「え……ちょっと……！」

ここは二階。

だけど、手すりに摑まってゆっくり降りれば、下は芝生だし大丈夫だと思う。

そう思って身を乗り出したけど、手を滑らせて思いの外早く落ちてしまった。

「きゃっ！」

「おっと――！」

「……ごめんなさい」

「君は本当に無茶をするなぁ」

支えようとしてくれたレオさんを下敷きにするように落ちてしまったけど、レオさんは平気そうに笑ってる。

やっぱり、ペンダントの効果に関係なく、レオさんは丈夫な方だ。それに、とてもたくましいし。

「……」

「シベルちゃん、元気だった？」

レオさんに抱き留められたまま芝生の上に座っていた私たちだけど、じっとレオさんの顔を見つめていたら、彼は優しく微笑んでそう声をかけてくれた。

「はい、皆さんにお会いできなくて寂しかったですが……レオさんも、お元気でしたか？」

「ああ。元気だよ。ちょっとばたばたしてて大変だったけど」

「そうですよね」

レオさんの胸に手を置いて彼を見つめていた私は、はっとして膝の上から退いて立ち上がる。

そのまま少し歩いたところにある中庭のベンチに二人で並んで座り、会うのがとても久しぶりに思えるレオさんと会話をした。

やっぱり、騎士団は事後処理に追われていて、レオさんも忙しいのね。団長様だし。

「この三日、シベルちゃんがどうしているのか、ずっと心配だった」

「……私はとてもよくしていただいていますよ」

「そうだよな。君が真の聖女であったとはっきりしたんだ。力にも目覚めたし、これで君はもう大丈夫だな」

「……ですが」

「ん？」

笑顔で紡がれたレオさんの言葉には、少し胸が痛む。

「私は、第一王子様と結婚しなければなりません」

「……」

「マルクス様にお兄様がいらっしゃるの、レオさんはご存知でしたか？」

「……まぁ一応」

「どんな方なのでしょう。お会いしたことはないですけど、立派な方だという噂を耳にしたことはあります」

「……へぇ、立派。ねぇ」

「でも、外国を飛び回って全然お城には寄りつかないし、いつまでも婚約者すら決めない、自由な方なんですって」

「……へぇ」

レオさんは、どこか他人事のように返事をした。

その反応が少し意外だった。

「……」

「嫌なのかい？」

「え？」

それで黙り込んでしまった私に、レオさんが問う。

本当はこんなこと言っちゃいけないって、わかってる。でも……だけど……。

「嫌……です」

だって私は、気づいてしまった。

あの日の野営で一夜をともにして、夢を見て。ワイバーンに襲われそうになったレオさんを目の当たりにして。そしてたった三日レオさんに会えなかっただけで、私はとても寂しかった。

私は、レオさんのことが――。

「一度会ってみるといいよ。そして、話を聞いてみるといい。もしかしたら第一王子はマルクス王子とは全然似ていないかもしれないよ？」

「……」

そうだけど……。そういうことではない。

平気な顔で……ううん。むしろ少し明るくそう言ったレオさんに、私の胸はズキズキと痛む一方だ。

マルクス様の兄だから嫌とかではなくて、私はレオさんのことが好きだから、他の人と結婚するのが嫌なのだ。

そう、気づいてしまった。

でも、それを言ったらきっとレオさんのことを困らせてしまう。

だってレオさんは騎士様だもの。国のことを一番に考えるのが仕事だから、聖女《私》と王子を結婚させようとするのも当然の話よね。

でもレオさんにそんな笑顔で言われると、悲しい。とても胸が苦しくて、泣いてしまいそう……。

「いっそ、レオさんが第一王子様だったらよかったのに……」

「……そう思ってくれるのかい？」

口に出してから、なんてことを言ってしまったのだろうと、恥ずかしくなってしまった。

「ごめんなさい、そんなわけないのに。私ったら……！」

「いや……シベルちゃん、実は――」

「私、そろそろ戻りますね。こんな時間に男性と二人でいるところを見られたら、第一王子様に怒られてしまうかもしれないわ」

「シベルちゃん……！」

もうレオさんの顔を見ているのが辛くなって、私は口元だけになんとか笑みを浮かべて、その場から走り去った。

駄目よ、シベル……。あなたは王子と結婚するのだから。

騎士様が好きだけど……。私はレオさんのことをこんなに好きになってしまったけれど……。

この想いは忘れなければならないのよ――。

風に乗って涙がこぼれたけどそれを拭わなかったのは、この想いもともに流れていってしまえばいいと思ったからだ。

◆彼女のために俺ができること

「久しいな、レオ」

「ご無沙汰しております。父上」

ワイバーンの群れが王都を襲撃し、王宮にまで迫ってきたところで、俺たち第一騎士団とシベルちゃんが到着した。

俺はすぐに参戦したが、シベルちゃんが聖女の力を解放したことにより、ワイバーンの群れは一瞬にして息絶え、地に落ちた。

国王《父》はそれを見て、真の聖女はシベルちゃんであると宣言し、その場で彼女に第一王子との結婚を命じた。

それを受け入れたシベルちゃんに、俺の胸は大きく跳ねた。

国王に言われて拒むことができないのはわかっているが、それでも〝真の聖女《シベルちゃん》が第一王子《俺》と結婚する〟という言葉を聞いて、平静ではいられなかった。

だがシベルちゃんは第一王子が俺だということを知らない。

その後は彼女とは別々の部屋で休むことになったのだが、俺は早急に国王に呼ばれて今、こうして王の私室で数年ぶりに父と向かい合っていた。

「そう堅くなるな」

今この部屋に、俺たちの他には誰もいない。部屋のすぐ外で父の護衛とミルコが控えてくれているが、会話までは聞こえないだろう。

「おまえが戻ってきてくれて嬉しいよ」

「……今回のこと、父上はどこまで把握していたのですか？」

「なんのことだ」

久しぶりに再会した息子の前で嬉しそうに父親の顔をしているこの王は、なかなかの策士だ。

「マルクスにはがっかりしたが、無事おまえが戻り、結婚相手も決まった。おまえの活躍は聞いているぞ。次期国王として相応しいのはおまえだ、レオ」

「……彼女の気持ちを無視している」

「ということは、おまえはあの子に惚れているのだな」

「……」

父と話していると、調子が狂う。この人は自分のペースで物事を運ぶのがとても上手い。俺ではまだ敵《かな》わない。

「……はい、彼女のことが好きです。しかし、婚約は彼女の気持ちを確かめるまで待ってください」

だから素直に自分の気持ちを認めたうえで、願い出る。

「なんだ、まだ気持ちを伝えていないのか。チャンスはいくらでもあっただろう。……しかし、もし振られたらどうする気だ。聖女との結婚以外は認めんぞ。それともかたちだけの結婚をするつもりなのか？　おまえは彼女に惚れているのに」

「それは……」

そんなのは、嫌だ。できればシベルちゃんの気持ちを得てから、俺が第一王子だと伝えたかった。しかし、もうそうは言っていられないのは、わかっている。

「大丈夫だ、レオ。早くあの子に気持ちを伝えてこい。私はあの子のことをおまえよりも知っているぞ。この城で七年間も見てきたのだからな」

「……父上」

なにを根拠に「大丈夫」と言っているのかはわからないが、父はとても優しい顔でそう言った。その言葉は本心のように聞こえる。

だが、確かにもう時間はない。すぐに第一王子としてシベルちゃんと顔合わせの場が設《もう》けられるだろう。

そうなる前に、気持ちを伝えに行こう。

＊

シベルちゃんに気持ちを伝える決心をした俺は、あれから三日後の夜、彼女が使用している部屋のバルコニーの下に足を運んだ。

第一王子としても、第一騎士団の団長としてもやることが多く、なにかと忙しかった俺はなかなかシベルちゃんと会う時間が作れなかった。

それで結局約束もできないまま、こうして寝る前に彼女を想って庭に行くことしかできない俺だったが、顔が見たいと願っていたら、なんとシベルちゃんが部屋から出てきてくれた。

すぐに声をかけると、彼女は無茶をしてバルコニーからこちらへ降りてこようとした。

危ない！　と思い彼女の下まで行くと、手を滑らせてしまったシベルちゃんが俺の胸の中に落ちてきた。

その勢いで尻をついてしまったが、彼女に怪我はなさそうなので安心する。

それにしても、たった三日会えなかっただけだというのに、とても久しぶりなような気がする。

少し会えないだけで、とても寂しかった。

胸の中でシベルちゃんを支えながら、俺を見上げる彼女の顔をじっと見つめ、このまま強く抱きしめてしまいたくなる衝動を堪えた。

いつの間にか、俺はこんなにシベルちゃんのことが好きになっていたのだ。

そのまま中庭のベンチに移動して少し話をした俺たちだが、彼女が「第一王子と結婚しなければならない」と切なげに語っているのを聞いて、俺はなんと彼女に気持ちを伝えようか悩んだ。

いきなり「俺が第一王子だよ」と言うのはなにか違う気がする。しかし、どう話を切り出そうか……。

思い悩んでいる様子のシベルちゃんに、ひとまずこの場は「第一王子と会ってみるといい」と伝えると、シベルちゃんから「レオさんが第一王子だったらよかった」という言葉が返ってきて、俺の胸は熱く高鳴った。

たまたま今ここにいたのが俺だからそう言ってくれただけなのかもしれない。

だが、それでも今ここで「俺が第一王子だよ」と伝えたら、彼女はなんて言うだろうか。「嬉しい」と笑ってくれるだろうか――？

そう思い、緊張しながらも決心して口を開いたのだが、シベルちゃんは俺の話を聞かずに走り去ってしまった。

………ちょっと待ってくれ!!

彼女の背中を追いかけようかとも思ったが、やはりすぐに謁見《えっけん》の場が設けられることになったのを思い出す。

答え合わせのときはじきに来る。その場で俺が第一王子だとわかったら、彼女はどんな顔をするだろうか――？

安心してくれるだろうか……。

こんなときだが、俺が思い出してしまったのは、以前野営をして同じテントで眠ったときのシベルちゃんの笑顔。

あのときシベルちゃんは『できれば私はこれからも皆さんと一緒にいたい』そう言っていた。

それが自分の幸せなのだと。

国王に真の聖女だと認められたシベルちゃんはもう、トーリに戻って生活することはできない。

であれば、彼女が誰を想っていたとしても、結果がどうなったとしても、俺はシベルちゃんの幸せを守ってやりたい。

そのために、俺にできることがあるはずだ。

聖女であるシベルちゃんが第一王子である俺との結婚を拒むことができないのなら、せめて彼女がこれからも幸せに暮らしていけるよう、尽力しよう。

◆レオさんは違います！

王都に戻って、一週間。

いよいよ私と第一王子様の顔合せの場が設けられることになった。

結婚式でもないのに、私は朝から侍女たちにこれでもかというほど丁寧に髪の手入れやメイクアップをされて、とても上品な桃色のドレスを着せられた。

「とても美しいですよ、シベル様！」

「ありがとう……」

鏡を見せられて、自分でも確かにとても綺麗に仕上げてもらえたなぁと感動してしまったけど、これから会うのが顔も知らない王子であるかと思うと気が重い。

レオさんだったら、なんて言うかしら。

〝綺麗だよ、シベルちゃん〟

そう言って照れくさそうに笑ってくれるレオさんを想像して、一人にやけてしまいそうになったけど、そんな妄想は虚《むな》しいだけ。

私は淑女。私は聖女。妃教育も受けてきた。国のために生きるのよ。

自分にそう言い聞かせて、従者の方の案内で謁見の間に向かう。

それでもやっぱり内心では気が重たくて、視線を俯けながら足を進めた。

「シベル様がいらっしゃいました」

先を歩いてくれている従者の足下を見つめて、前へ進む。いよいよご対面か……。

外国にばかり行っていた第一王子様って、一体どんな人なのかしら？

「初めまして、シベル・ヴィアスと申します」

座っている国王陛下と、王妃。

そして正面に立っているのであろう第一王子と思われる方の足だけを見つめながら、粛々《しゅくしゅく》と礼をする。

まぁ、足だけ見た感じはマルクス様と違ってたくましそうな方ね。

……ううん、むしろ、なんだかとっても頼もしい佇まい……まるでレオさんのような――。

「顔を上げてくれ」

「――？」

そう思った直後、頭上からよく知った人の声が落ちてきた。

「ごきげんよう、シベルちゃん」

「――レオさん!?」

ぱっと頭を上げると、そこにはピシッと正装した、とても格好いいレオさんが立っていた。

「え……？　え？　え？　どういうことですか……？」

「この国の第一王子、レオポルト・グランディオです」

「レオポルト殿下……？　レオさんが、第一王子様……!?」

「そう。黙っててごめんね？」

「……――!!」

「シベルちゃん!?」

にこ、といつものような笑顔ではにかんだレオさんの顔を見て、私は衝撃のあまり陛下の前で卒倒してしまった。

＊

「……ん」

「シベルちゃん、気がついた？」

「……レオさん」

目を覚ましたら、この数日私が使わせてもらっている部屋のベッドの上だった。

レオさんが付き添っていてくれたようで、心配そうに私に視線を向けている。

「すみません、私ったらあの場で倒れてしまったんですね」

国王や王妃の前で……情けないやら恥ずかしいやら申し訳ないやら……。

「いや、君を驚かせてしまったせいだな。すまなかった」

そうだ。それ――!!

「……本当に驚きました」

あれは夢でも幻でもなかったようだ。

今目の前にいるレオさんも、いつもの騎士の格好ではなく、王子としての正装でそこにいる。

彼はどこからどう見ても立派な王子だ。

……だけど騎士服じゃなくても、格好いい……。

「レオポルト殿下、これまでの数々のご無礼、なんと言ってお詫びすればいいのか、言葉もありません……」

「やめてくれ。どうかこれまで通りにして欲しい。シベルちゃん」

「……はい、レオさん」

ベッドの上にいながら姿勢を正して頭を下げる私の肩に手を伸ばし、顔を上げるよう促すレオさんのまっすぐな瞳を見つめ、小さく頷く。

「黙っていて本当にすまない」

「いえ……、私も気づかないなんて……、王太子妃として失格ですね」

考えてもみなかった。確かに昔見た第一王子の肖像画は髪が黒かったように思う。でも、第一王子の肖像画は子供の頃のものしか見たことがない。おそらく、それしかないのだろうけど。

深く考えなかったわ。

「でも俺は、自分が王子であるとか、君が聖女であるとか、そんなことは関係なく、シベルちゃんのことが好きなんだ」

「え……？」

突然の告白に、私は一瞬混乱してしまう。

「俺は君のことがずっと好きだった」

「私のことが好き……？　本当……ですか？」

……嬉しい。こんなに嬉しいことって、世の中にあったの？

「本当だ。だから君と結婚したい。でも、君の気持ちを優先したいとも思っている。君は……、第一騎士団の中に他に好きな男がいるのか？」

「え？」

いませんいません。いえ、皆さん好きですけど、そういう意味では……。

「俺に遠慮せず、正直に話して欲しい。実は薄々気づいていたんだ」

けれど、胸がいっぱいで言葉に詰まってしまい、即答できない私にレオさんはどんどん続ける。

薄々気づいてたってまさか、私が騎士好きってばれてる？

「あの――それは……」

「君は、ミルコのことが好きなのではないか？」

「え、ミルコさん？」

「ああ。君のミルコを見る目にいつも熱を感じていた。あいつはいい男だ。だからもし君が――」

「違います！」

けれど、レオさんが続けた言葉は、私が覚悟したものとは違った。

「……違う？」

だから、つい大きな声を出して否定し、少し身を乗り出してしまう。

「ミルコさんのことはもちろん、好きですよ。人として。ミルコさんだけじゃなく、第一騎士団の方たちはみんな、大好きです。でも――」

私がそういう意味で好きな男性は、レオさんだけだ。

「しかし、君はいつもミルコのことを……」

「それは……その……」

レオさんのことが好きだと伝えたいのに、レオさんは私の言葉を待たずに聞いてくる。

そうか……私がミルコさんの一際たくましい身体にみとれていたことは、ばれているのね……。

ああ……、どうしよう……。でも、レオさんは私に気持ちを伝えてくれたのだ。私だけ本当のことを黙っているなんて、駄目よ。

「実は、私……」

「うん？」

「……その」

「うん？　正直に話して？」

「…………好きなんです」

「ミルコが、だね？」

「……騎士様が、です！　私は、たくましい筋肉がついた、騎士様が大好きなんです！」

「…………え？」

ああ……言ってしまった。とうとう言ってしまった……！

これで嫌われるわね。でも、いいのよ。本性を隠したまま結婚なんて、そんなレオさんを騙《だま》すみたいなこと、できないもの。

「騎士が、好き？」

「はい……」

「ぷっ、はは、はははははは！」

どん引きされることも覚悟したけれど、レオさんはお腹を抱えるようにして豪快に笑った。

「なんだ、そうか……そういうことだったのか」

「そんなに笑わないでください……」

「いや、すまない。でも、そうか……そうならそうと、もっと早く言ってくれればよかったのに」

「……引かないんですか？」

「引かないよ。むしろ、嬉しいな。俺も騎士だし、つまり俺のことも好きだと思っていいのかな？」

「レオさんは違います！」

「え……っ」

「あ……っ」

思わず口から出た言葉に、レオさんは悲しげに表情を歪める。

「そうか、俺は違うのか……やはりミルコほどたくましくなければ――」

「すみません、そうじゃなくて！　その……、レオさんのことは、騎士様だからとかではなく……特別に、好きなんです……」

「……特別に……っ、本当に？」

「はい」

言ってしまった。言ってしまった！

顔がとても熱い。レオさんの顔は、もう直視できない……！

「本当に？　シベルちゃんは、本当に俺のことが好きなのか？　騎士だからではなく？」

「……はい。騎士様だからではなく、レオさんのことが好きです……」

たぶん真っ赤になっているだろう顔を俯けるように頷く。

「嬉しいよ、シベルちゃん。それじゃあ、俺と結婚してくれる？」

「……」

そっと手を握られて顔を覗き込むようにそう言われたから、恥ずかしさをぐっと堪えてレオさんを見つめ返した。

「……不束者ですが、よろしくお願いいたします」

「はは、前にも聞いたな、その言葉」

「そうでしたっけ？」

「愛してるよ、シベルちゃん」

「……！」

首を傾げた私の手をきゅっと引き寄せて、レオさんはたまらないとでも言うように私の身体をぎゅっと抱きしめた。

「レオさん……！」

レオさんのたくましい胸からは、ドキドキと大きく高鳴っている鼓動が聞こえる。

「俺は君が愛おしくてたまらない。君の幸せは俺が守るからね」

「……はい」

耳の近くでそう囁かれて、私も遠慮がちにレオさんの大きな背中に手を回す。

ああ……本当に、なんてたくましい身体……！

そのまま厚い胸筋に顔を埋め、にやけてしまう口元を我慢せずに緩めて、たっぷりとこの幸せなひとときを堪能させてもらった。

◆彼女は今日も幸せだから

正式に我が国グランディオ王国の聖女となったシベルちゃんと、その聖女を追放したマルクスに代わって王位を継ぐことになった俺との婚約は、無事に成立した。

マルクスは自分の軽率な行動をシベルちゃんに謝罪した。

しかしシベルちゃんは、「おかげでとても楽しい日々を過ごせましたので」と、笑って彼を許した。――というか、許すもなにも、彼女は最初からマルクスを少しも恨んでなどいなかったのだ。

騎士が好きだというシベルちゃんにとって、確かに騎士団の寮で過ごした時間は充実していたのかもしれない。

マルクスは俺の代わりにトーリへ行くことになった。

追放というより、彼も騎士団に入団して、心と身体を鍛えてこいと、父に言われたのだ。

マルクスの婚約者であるアニカと、その母親のヴィアス夫人も、彼と一緒にトーリ行きが決まった。

シベルちゃんは二人のことも怒ってはいなかったが、二人が王都にいづらくなったのだろう。

たとえ本当に自分の娘が真の聖女だと信じていたとしても、あの母親にはシベルちゃんに対して悪意があったし、アニカもシベルちゃんにいじめられたなどという嘘を吐いて彼女を陥れたのだ。

マルクスのことが好きだったアニカは、シベルちゃんに嫉妬していたことを認め、マルクス同様シベルちゃんに泣きながら謝罪した。

シベルちゃんは泣きじゃくる義妹を見て「あなたも辛かったのね」と声をかけた。彼女は心までも、真の聖女だ。

だがシベルちゃんが彼女たちを許しても、騎士団をはじめとした周りの者たちがそれを許さなかった。

俺だってその一人だ。二人を野放しにはできないし、シベルちゃんの近くにいさせることもできない。

王都から離れたトーリの地で、彼女たちは騎士団の世話をすることになる。

だが、シベルちゃんと違って彼女たちは騎士が好きなわけでもなければ家事なども一切できない。

これから苦労するだろう。

ひょろひょろのマルクスも、贅沢な暮らしですっかり肥えてしまったらしいアニカも、性格が醜《みにく》く歪んでいる母親も、少しは心身ともに鍛えられるといいのだが。

ああ、そうそう。トーリだが、シベルちゃんが聖女の力に目覚め、エルガの魔石に聖女の加護を付与してくれたこともあり、彼女がいなくなった後も平和が続いている。

それでも魔物が住まう森が近くにあるから、しばらくは騎士団を派遣しておくことになった。

しかし、マルクスも所属するその騎士団は、第一騎士団ではなく、第三騎士団だ。

第一騎士団は、俺とともに王都に戻り、城を守る任務に就くことができたのだ。

シベルちゃんが一番危惧していた、「もう皆さんにお会いできない」という悩みも解決されるというわけだ。

ちなみにエルガら寮母たちも、希望する者は（まぁ、全員希望したのだが）王都に呼び寄せ、王太子妃《シベルちゃん》の侍女となる者と、王城に隣接した騎士団の寮で働く者とで新しい勤め先が決まった。


俺はとても幸せだ。

元々王太子の座に興味はなかったが、騎士としてこの国のために戦ってきた身として、これからは大好きなシベルちゃんとともにこの国の平和を守っていける立場になったことに、深く感謝している。

父はシベルちゃんが真の聖女であるとわかっていたのかもしれない。だからシベルちゃんが追放された時点で、こうすることを決めていたような気がする。

シベルちゃんを俺のいるトーリに追放することは、マルクスが決めたはずだから、第一王子である俺と聖女であるシベルちゃんが出会ったのはたまたまだと思うが……。

父が黙っていたのは、俺たちがどう動くのかを見極めるためだったのか……。もしかして、最初から俺を王太子にしたいと思っていたわけではないよな……？　さすがに。

まぁ、それ以上考えてもきりがないので、やめておく。


「――ミルコ、シベルちゃんを見ていないか？」

「なんだ、いないのか。それじゃあ、きっとまたあそこじゃないか？」

「ああ、やはりそうか……」

俺と婚約して、シベルちゃんは毎日を王城で過ごしている。

彼女の妃教育はほぼすべて終了しており、あとはもう俺の立太子を経て婚姻の日取りを決めるだけなのだが……。

彼女は隙を見て、すぐにあそこへ行ってしまう。

「まぁ、いいじゃないか。彼女らしくて」

「そうだな。きっとシベルちゃんは今日も幸せそうに笑っているのだろう」

第一王子《俺》の側近であるミルコと二人、肩を並べて向かったのは騎士団の訓練場。

やはり彼女は、今日もそこで騎士たちの訓練を眺めていた。

「シベルちゃん！」

「レオさん、ミルコさん」

俺が声をかけると、こちらを振り返って嬉しそうに笑ってくれる。

とても可愛い笑顔に俺とミルコの頬も緩むが、今は騎士服を着ていない俺は少し不安にもなる。

「また騎士の訓練を見に来ていたのかい？」

「はい、だってやっぱり騎士様たちは本当にすごいんですもの！」

「見学をするのも差し入れを持ってくるのも構わないが、あまり余所見《よそみ》ばかりされると、少し妬けてしまうな」

「え……っ」

そう言って彼女の身体を後ろから抱きすくめるように包み込むと、シベルちゃんの身体はあっという間にカチンと硬直する。

「レ、レオさん……、皆さんが見ています……！」

俺たちのことを今まで応援してくれていたミルコが、口元にふっと小さく笑みを浮かべる。

「いいじゃないか。見せつけているんだよ。君は俺の可愛い婚約者だからね」

「……そうですけど……」

耳まで真っ赤になって照れているシベルちゃんは、本当に可愛い。

今すぐ俺の部屋に連れていきたくなってしまう。

「わかった。それじゃあ今夜のトレーニングの時間には、君も同行するかい？」

俺はここ最近毎日、ミルコとともに鍛錬を行っている。

「はい！　ぜひ！」

彼女が俺とミルコのトレーニングを見るのが大好きなのは、もうわかっている。

だから元気よく頷いたシベルちゃんに、やっぱり俺も元気をもらってつい笑顔になってしまう。

「では今日の仕事は早めに切り上げよう」

「ああ、そうだな。だが――」

ミルコの言葉に頷きつつ、俺は大事なことをシベルちゃんに伝えるべく彼女の耳に口を近づけた。

「その後は俺と二人きりの時間だよ、シベルちゃん」

「えっ……、あの……お手柔らかに、お願いします……」

騎士の身体を見るのは大好きなくせに、まだまだこういうことには慣れていないシベルちゃんが、俺は可愛くて仕方ない。

「どうしようかな」

「レオさん……」

シベルちゃんと優秀な騎士たちがいれば、きっとこの国は大丈夫。
だって騎士が好きな真の聖女《シベルちゃん》は憧れの騎士たちに囲まれて、今日も幸せなのだから。

書き下ろし
番外編①

騎士団の若きエースは今日も楽しい

◆騎士団の若きエースは今日も楽しい

俺の名前はヨティ。第一騎士団の団員だ。

改めて言うのもなんだが、俺は第一騎士団が好きだ。

騎士の家系に生まれた俺は、父譲りの運動神経のよさがあるうえに、幼い頃から父に鍛えられてきた。だから、剣の腕は同期の誰にも負けない。

当然この国一優秀な第一騎士団の所属となり、魔物が猛威を振るっている、トーリの地で任務に就くことになった。

第一騎士団の団長はとても気さくでいい人だ。面倒見もよくて、団員たちのことをよく気にかけてくれるし、酒をご馳走してくれたりする。

長男である俺は、兄貴ができたみたいで嬉しかった。

数ヶ月前、久しぶりに入った新人の寮母シベルちゃんは、若かった。俺より三つ年下だ。こんなに若いのに危険なこの辺境の地で騎士団の寮母をやるなんて、大変だな。そう思った。

ここでの仕事は、シベルちゃんのような若い女の子には怖いだろうし重労働で大変なはずだ。

シベルちゃんはちっちゃくて可愛くて、元気いっぱいの女の子だった。

それに料理も上手いし、いつもにこにこしていて、俺はすぐ彼女に好感を抱いた。

そう思ったのは俺だけじゃないようだ。まぁ、当然だよな。

第一騎士団はみんなエリートばかりだが、最前線で魔物と戦っている。

大怪我をすることもあるし、最悪命を落とすことだってある。

そうなったとき悲しませるから、多くの団員と同じように、俺には恋人がいない。

……というのは嘘で、単純に魔物が猛威を振るう辺境の地にいる俺たちには出会いもなければ、そんな暇もないというだけだ。

それに俺は、今は騎士として力をつけるのが第一の目標だ。

俺は第一騎士団のエースとして期待されている。

団長も副団長も、俺に期待してくれているのだ。その期待に応えたい。

でもシベルちゃんのことは、女性として可愛いと思った。

こんな明るくて優しいいい子が俺の恋人になってくれたら……なんて想像してしまったが、
団長がシベルちゃんを気にかけていることにすぐに気づいた。

俺の知る限り、団長が女性に好意を抱くのは初めてだ。

からかってみたら、結構本気っぽかった。どうやら団長はシベルちゃんに惚れたらしい。

俺もシベルちゃんのことはいいなと思ったが、団長が本気なら、俺はその恋を応援する。

そう思っていたが、団長は超がつくほど奥手で、全然シベルちゃんに告白しなかった。

とてもじれったい。だから、俺が協力してちょっといい雰囲気にしてあげようと思う。

「――シベルちゃん」

「はい、なんですか？　ヨティさん」

その日、俺は一人でいるシベルちゃんに話しかけた。

「トレーニングルームにいる団長に、これを持っていってあげてくれないかな？」

「はい！　喜んで！」

シベルちゃんは仕事の合間の休憩中だったようだけど、俺が水の入った水筒とタオルを渡すと、可愛い笑顔で頷いてくれた。まったく嫌な顔をしない。本当にいい子だなぁと改めて思う。

むしろ鼻唄を歌いそうなほどご機嫌なシベルちゃんのあとをこっそりついていく。

……もしかして、シベルちゃんも団長に会う口実ができて嬉しいのでは？　そう思えるほど、彼女はご機嫌だ。

そんなシベルちゃんがトレーニングルームに入ると、俺はすかさず近づいてそっと扉の前で聞き耳を立てた。

『レオさん、ヨティさんに頼まれてタオルとお水をお持ちしました――』

『ああ、シベルちゃん。わざわざありがとう』

『い……、いいえ……！』

シベルちゃんの声が上ずった。きっと団長は、またシャツを脱いでいたのだろう。

ふふん、作戦通り……！

『あっ、すまない！　すぐシャツを着るから』

『いいえ！　どうかそのままで……！　私はもう行きますので！　それでは、お邪魔しました

――あれ？』

シベルちゃんの声が扉のすぐ近くで聞こえた直後、取っ手ががちゃがちゃと鳴る。

俺は取っ手が動かないよう必死で押さえた。

『どうしたんだい？』

『あの……取っ手が動かなくて……』

『え？　貸してごらん』

続いて、力強く取っ手が掴まれ、先ほどより大きな音が鳴る。

団長、無理やりやったら壊れますって……！

『……本当だ、なにかが引っかかっているのだろうか』

『あ……あ、あの…………』

『ん？　どうしたんだいシベルちゃん……あっ、すまない……！』

『い、いいえ……！』

『……』

……ん？　急に二人とも黙り込んでしまった。なにが起きているのだろうか。

団長がシャツを着る前に扉を開けようとして、シベルちゃんの背後から手を伸ばしたとか？

うん、赤くなっている二人が想像できるな。

……ちょっと見たいな。

にやける口元を押さえて、声が漏れないようにする。これはまさに作戦通り！

『と、とにかく、いつまでもここにいるわけにはいかないな。ちょっと待っていてくれ』

『はい……』

……？

団長の声が遠くなった。

どうする気だろうか。もしかして、壁側の窓からシベルちゃんを出すつもりかな。

そう思って取っ手を握る力を弱め、扉から少し身体を離したとき。

なにか殺気に似たような気配を感じて、直感的に扉から離れた。

――まずい。だが、そう思ったときには遅かった。

バキィ――！　という大きな音が耳に響いたのと同時に、俺の身体は跳ね飛ばされる。

「すごいです！　レオさん……！　扉を蹴り開けてしまうなんて！」

「ふ……これくらいなんてことは――ヨティ!?」

「いってー……！」

「そんなところでなにをしているんだ!?」

「……いえ、ちょっと……」

「あっ！　まさか……！」

壊れた扉と一緒に倒れている俺を見て団長は察したようだが、シベルちゃんは本当に驚いた顔で「大丈夫ですか!?」と俺のもとに駆け寄ってきてくれた。

「ちょうどレオさんが扉を蹴り破ったときにヨティさんが来てしまったのですね！　どこが痛いですか？　見せてください、すぐ手当てしましょう！」

「いや、大丈夫。ちょっとぶつけただけだから」

「ではすぐに冷やしましょう！」

「ああ、ありがとう……」

そう言うと、シベルちゃんは「冷やすものを持ってきますね！」と言って走っていった。

本当に優しいな、あの子。

「……ヨティ、君は一体なにをしている」

「団長がなかなかシベルちゃんに告白しないから、いい雰囲気になればと思って……なに扉壊してるんすか！」

「いや……、まさか君が押さえているなんて思わないだろう？」

やっぱり団長は上半身裸のままだった。

団長は相変わらずいい身体をしている。シベルちゃんだってきっとドキドキしたと思うけど……本当にあと一歩なんだよな、この人。俺だったらもっと迫るのに。

「まぁいいや。少しはシベルちゃんのこと、ときめかせられたみたいですし」

「気持ちはありがたいが、もっと普通に応援してくれ」

「普通にしてたら一生発展しませんよ、二人」

「そんなことは……」

と言いながらも、口ごもる団長。

「本当に、そんなんじゃ誰かにもっていかれちゃいますよ？　たとえばリックとか！」

「なに!?」

先日新しく第一騎士団にやってきたリックも、シベルちゃんのことを特別気にしているように見える。

なんとなく団長とは少し違う目で彼女のことを見ているような気もするが、なにかあるのは間違いない。

「……リックはシベルちゃんのことが好きなのか？」

「聞いてませんけど。可能性としてはありますよね。あいつ、紳士的で礼儀正しく見えますけど、結構油断ならない男っすよ！　負けず嫌いだし！」

リックは新人のくせに、先輩の俺にも容赦ないからな。同い年とはいえ。

「とにかく、早いとこ団長の女だってみんなにアピールしないと」

「しかし、そういうことは焦ってもいいことなどないだろう？」

「へぇ、過去に焦って失敗したことがあるんすか？」

「……ないが」

まったく……。俺から目を逸らして気まずそうに答えた団長に、小さく息を吐く。

団長はこんなに完璧で頼もしい人なのに。シベルちゃんのことになるとまるで駄目っすね。

「ヨティさん！　お待たせしました！　冷やしたタオルをお持ちしたので、これで冷やしましょう！」

「え、あ……ありがとうシベルちゃん」

走って戻ってきたシベルちゃんの手には、冷えたタオル。

「ぶつけたところはどこですか？」

本気で心配そうな顔をしてそう聞いてくる彼女に「ありがとう」と言ってタオルを受け取り、額に当てる。

団長の視線が怖い。

だから、そうやって妬くなら早く告白してくださいよ。

「あ、シベルちゃん。団長も扉を蹴ったときに足を痛めたようだから、見てあげてくれる？」

「まぁ！　それは大変ですね！　どこですか、レオさん！」

「え？　いや、俺は――」

「救護室まで行ってちゃんと見てもらったほうがいいっすよ。じゃあ、俺はお先に」

「おい、ヨティ！」

「行きましょう、レオさん！　あ、肩をどうぞ！」

「いや、本当に大丈夫……汗もかいているし」

「構いません!!」

「……」

二人を残して先にその場を離れる俺の背中に、団長の熱い視線を感じる。

「礼はいらないっすよ」

だからそう呟き、片手をひらりと上げて団長に合図を送ると、くくっと一人小さく笑った。

第一騎士団の寮は、今日も楽しい。

書き下ろし
番外編②

騎士団の副団長は今日も平和なときを過ごす

◆騎士団の副団長は今日も平和なときを過ごす

今日は定期的に行われている領主との面談のため、副団長である俺はレオとともに街に来ていた。

本当は先週の予定だったのだが、リックがシベルちゃんを連れて森に行き、彼女を危険な目に遭わせたため、今日に延期してもらったのだ。

「なぁミルコ。帰る前に、シベルちゃんたち寮母になにか買っていこうか？」

「ああ、構わないが」

トーリの街はシベルちゃんが来てから魔物の被害がなく、平和だ。

ウルフの群れを一瞬にして倒してしまったことを考えると、やはり彼女が聖女で間違いないと、俺は思っている。

そういうわけで面談が予定より早く終わったので、寮母のみんな（というかレオはシベルちゃんにあげたいのだろうが）に土産のお菓子を買っていくことになり、店が並んでいる大通りに向かった。

「来たわ——！」

その途中、前方に女性たちが集まっているのが目に留まり、俺たちは足を止めた。

「ミルコ様！　こちら受け取ってください！」

「私の手紙も読んでください～！」

「この後お時間あります？　お茶でもいかがですか？」

「あっ！　ずるいわ！　抜け駆けは駄目よ！　私と行きましょう、ミルコ様ぁ！」

こちらに駆け寄ってきた女性たちは、それぞれ手紙やなにかが入った小さな箱を俺に差し出してくる。

「ありがとう。だがまだ仕事中だから、また今度ね」

内心で小さく溜め息を吐きつつ丁重にお断りすると、彼女たちはなぜか「きゃ～！」と嬉しそうに高い声を上げた。

「……」

隣を見ると、レオの前にも数人の女性がいる。

「レオ様、こちら私が焼いてきましたの。よかったら召し上がってください」

「いつもありがとう、みんなでいただくよ」

「あん、レオ様に食べて欲しいのに」

レオは優しく微笑んで渡された箱を受け取っている。中身はクッキーなどの焼き菓子だろう。

「レオ。行くぞ」

「ああミルコ、待ってくれ」

それでは、と丁寧に挨拶をしてから足を進めるレオはとても紳士的だが、彼女たちの想いに気づいていないのだろうな。

彼は団長だから、騎士代表としてプレゼントを受け取っているつもりなのだろう。

『ああ……ミルコ様、今日も素敵ね……』

『本当……あのたくましい腕に抱かれたいわ……』

後ろから、ひそひそと話している声が聞こえる。

俺とレオは王子と側近であることを隠しているが、第一騎士団がエリートの集まりであることは周知の事実だ。

彼女たちは俺やレオの見た目や地位に惹かれているのだろう。それで彼女たちが楽しいのなら、構わない。

「ミルコは相変わらずモテるな」

レオは自分のことを棚に上げてそう言ってくるが、レオに気がある女性たちのほうが熱心であるのは見て取れる。

彼はまったく気づいていないようだが。

「……その焼き菓子はどうするんだ？」

「シベルちゃんと食べようかな。彼女は甘いものが好きだし」

「……やめておけ。彼女にはなにか買っていくんだろう？」

「？　……ああ、そうだな」

街の女性にもらった焼き菓子は、いつもヨティ辺りがもっていく。今回もそれでいい。まぁシベルちゃんの場合、なにも気にせず喜んで食べそうだが……。それはそれで虚しいしな。

それにしても、シベルちゃんが聖女であるのはまず間違いないだろうに、レオはまだ彼女に想いを伝えないつもりなのだろうか。

レオも相当鈍いが、シベルちゃんもかなり鈍い。このままではこの二人はなんの進展もないだろう。

早く想いを伝えればいいのに。


それからプリンを買って寮に戻り、レオの手からシベルちゃんにそれを渡した。彼女はとても嬉しそうな顔で笑い、他の寮母たちを呼んでみんなで一緒に食べていた。

ほらな。ちゃんと「君のために買ってきた。二人きりで食べよう」と言わないからそうなるのだぞ。

複雑な表情を浮かべているレオを見て溜め息を吐きつつ、その日の夜、少し早めの時間に彼を風呂に誘った。

第一騎士団の寮には大浴場があり、鍛錬の後よくみんなで汗を流しに行くのだ。

「――シベルちゃんとはどうなんだ？」

「どう、とは……？」

「なにか進展はあったか？」

「進展とは……どういうことだ」

レオと俺は互いに十五で騎士団に入ったときからの仲だ。もう十年の付き合いになる。

その間、彼に恋人がいたことはない。

昔からレオは己の腕を鍛えることだけに夢中だった。

女性に言い寄られることはたびたびあったのに、まるで興味を示さなかったのだ。

それは彼の生い立ちにも原因はあるのかもしれないが、この歳になって初めて本気で人を好きになると……結構厄介だということがレオを見てわかった。

「気持ちを伝えただとか口づけを交わしただとか」

「……っ！　そ、そんなことするはずがないだろう!?」

「……そんなに興奮するな」

二人きりの浴室で、湯に浸かりながら聞いた質問に、レオは思春期の子供のような反応をした。

「レオは彼女のことが好きで、彼女は聖女。なにも問題はないだろう」

「いや……しかし、団長である俺が寮母に手を出すというのは、やはり……」

「真面目か」

レオは第一王子だ。第二王子であるマルクス殿下が真の聖女《シベルちゃん》を追放したのだから、レオが王太子となる理由としては十分だ。

それなのに、まだそんなことを言っているのか。

「レオは王子だ。そして彼女は聖女だ」

「そうなのだが、まだシベルちゃんはそのことを知らないし……」

「ではいつ言うんだ」

「……ときが来たら」

「それはいつだ」

「……」

「今生では無理だな」

「そんなことはない……！」

誰かが背中を押してやらなければ、そのときは訪れないな。

そう思って溜め息を吐き、先に湯から出れば、レオも後に続くように立ち上がり「ちゃんと言うさ。だがまだ早い。今この想いを伝えても、シベルちゃんを困らせてしまう」と言い訳のようなことを口にした。

「困る？　案外喜ぶかもしれないぞ。彼女もまんざらでもないと思――」

脱衣所への扉を開けながら、後ろを歩くレオを振り返ってしゃべっていた俺の耳に、ガタリという不自然な物音が響く。

同時にレオの視線が俺よりもっと前に向き、その目は大きく見開かれていった。

「……シベルちゃん!?」

「え？」

その名前に俺も顔を前に向けると、そこには顔を真っ赤にして口をぱくぱくとさせているシベルちゃんの姿。

「あああ……レオさん……ミルコさん……」

なぜ彼女がここにいる？　ここは男風呂だ。

「ち、違うんです……！　覗きではなくてお掃除に……！　まさかこの時間にお二人が入っているとは思わなくて……、やましい気持ちは微塵《みじん》も……！」

顔を真っ赤にしたまま彼女も目を見開いて、こちらを見ながらなにかを口にしている。

しかし、その視線が少し下ろされた直後、

「ああ……っ」

「シベルちゃん!?」

彼女の身体がふらついて、倒れた。

レオが素早く駆け寄り、彼女の身体を支える。

「シベルちゃん、大丈夫か⁉　しっかりするんだ‼」

「ごめんなさい……ここは、天国ですか……？」

「死んでなどいない！　シベルちゃん、本当にしっかりして！」

彼女も、当然ながら男に免疫がないのだろう。

いつもならこの時間、俺とレオはまだ仕事をしているか、鍛錬しているのだ。

彼女には申し訳ないことをした。

そう思いつつ、シベルちゃんの身体を支えているレオの上から彼女の顔を覗いた。

そのとき、つーっと、彼女の鼻から血がこぼれた。

「鼻血が……！　大丈夫か⁉」

レオにタオルを手渡すと、彼はそれを彼女の鼻の下に当ててやる。

「どうしたのだろう……。湯気でのぼせてしまったのだろうか？」

「……」

心配そうに呟いたレオだが、まさか俺たちの裸を見て……？

……いや、まさかな。

「俺は先に着替えてエルガを呼んでくる」

「ああ、頼むよミルコ」

レオの腕に支えられたままぼんやりとレオを見つめているように見えるシベルちゃんを心配しつつも、脱衣所を出た後はゆっくりエルガを探すことにした。

第一騎士団の寮は今日も平和だ。

書き下ろし
番外編③

騎士好き聖女は婚約者を感じたい

◆騎士好き聖女は婚約者を感じたい

王太子になったレオさんと、聖女と認定された私の婚約が、今日結ばれた。

レオさんや国王陛下とお祝いの食事会を終えたら、外はすっかり暗くなっていた。

さすがに寝室はまだ別々だけど（残念……）、寝る前に少し話そうと言ってくれたレオさんの部屋に、私は一人足を踏み入れた。

レオさんはミルコさんと少し話があるようだから、私は先にレオさんのお部屋で待っていることになったのだ。

私はレオさんの妻になる。レオさんと結婚する。

あの、憧れだった黒髪の騎士様で、あんなにたくましくて優しくてたくましくてとにかくたくましいレオさんと、結婚する……ああ、私はなんて幸せなのでしょう。

「レオさんのお部屋……いい匂い……」

胸いっぱいに空気を吸い込んで、この幸せを堪能する。

じっとしていられなくなった私は、レオさんのお部屋をそのままうろうろと歩き回った。そして見つけてしまった。

「……!!　これは、レオさんのシャツ……!?」

ベッドの上に、ひっそりと置かれた白い布。

きっとこれは先ほどまでレオさんが着ていたシャツだ。お食事会の後に着替えていたから、そのとき従者の方が片付け忘れてしまったのだろう。珍しい。

……いや、もしかしてこれは私への贈り物……？

ゴクリと唾を呑み、シャツにそっと手を伸ばす。

ううん。落ち着きなさい、シベル。手を伸ばしては駄目よ……このシャツに触れてどうしようというの……？　けど……けど、このシャツをここに置いたままにしていたら、どっちみちレオさんが寝るとき邪魔になってしまうし、片付けてあげたほうがいいのではないかしら……！

自分にそう言い聞かせて深く息を吐き、シャツを手に取る。

「レオさんのシャツ……やっぱり大きい」

トーリにいた頃は毎日、騎士様たちのシャツを干していた。でもあれは、先輩寮母さんが洗った後のものだった。

これは脱ぎたてのレオさんのシャツ……。

「…………」

レオさんの優しい表情と頼もしい姿を思い出し、私は思わずそのシャツをぎゅっと抱きしめた。

「……いい匂い」

そしてそのままシャツに顔を埋めると、レオさんの甘くて優しい香りが私の鼻腔《びこう》をくすぐった。

「……ちょっとだけ」

レオさんはまだ来ない。せっかくの機会なので、憧れだった騎士団長様《レオさん》のシャツに袖を通してみた。

「わぁ……」

肩幅も腕の長さも裾丈も……全部がとても大きい。

それと同時に、レオさんに包まれているような気分になって、なんだかふわふわしてくる。とても幸せ。

「もう死んだって構わないわ……」

このまま本当に昇天してしまうのではないかと思うくらい幸せな気持ちになっている私の耳に、突然ノックの音が響いた。

「シベルちゃん、すまない。待たせたね――」

「レオさん……!」

そして慌てた様子で入ってきたレオさんに、私は口から心臓が飛び出しそうだった。

「シベルちゃん……?」

み、見られてしまった……！

大きく目を見開いたレオさんと、ばっちり目が合っている。私は今、レオさんのベッドの前で、レオさんが先ほどまで着ていたと思われるシャツを着て立っている。

ああっ、どうしましょう、さすがにこれは言い訳できないわ！　気持ち悪いと思われて嫌われてしまう……!!

「レ、レオさん……これは、その……！」

「俺のシャツなんか着て、どうしたんだ？　……もしかして、寒かったのか？　ああ、そうか。待たせてしまってすまなかった。よし、今あたたかい飲み物を淹れてあげるから待っていてくれ」

「え……」

けれどレオさんは私の心配をよそに、従者の方が置いていってくれたティーポットでハーブティーを淹れてくれた。

レオさん、なんてお優しいのかしら……。私はレオさんのシャツを着て楽しんでいただけだというのに……。

「ああ、そこに座って」

「はい……」

私をソファへ促すと、テーブルの上にカップを二つ用意するレオさん。

てきぱきと手際よくハーブティーを淹れてくれるレオさんは、騎士団長にも王太子にも見えない。

レオさんは正式に立太子されたというのに全然偉そうじゃないし、たくましい筋肉を抜きにしても本当に素敵な方だ。もちろん、筋肉はとてもとても素敵だけど。

「どうぞ」

「ありがとうございます……」

ハーブティーを淹れてくれると、丁寧に私に差し出してくれた。

「……美味しいです」

「よかった。寒かったのなら、毛布を使ってもよかったんだよ？」

「えっと……」

そう言いながら私の隣に座って自身もハーブティーを一口飲んだレオさんに、私はなんと言葉を返そうか、迷った。

寒かったわけではない。むしろ、興奮して暑いくらいです。

なんて言ったら、さすがに引かれる？　嫌われてしまう？

「ん？」

レオさんをじっと見つめてみると、とても優しい顔で微笑まれた。

私はこんなに優しくて心の綺麗な方に嘘をついていいの……？

そんなの絶対に駄目よ。シベル、ちゃんと本当のことを言いなさい……！

「レオさん……」

「まだ寒いか？」

けれど、言い淀んだ私になにを勘違いしたのか、レオさんは自分のカップをソーサーに戻してそんなことを言った。

本当にお優しい。でも違うんです。シベルはあなたが思っているような女じゃないのです……！

心苦しい気持ちで熱い胸を押さえていたら、今度はこっちを向いていたレオさんが、なにか言いづらそうに口を開いて「あー……」と声を発した。

「……俺が、直接あたためてあげようか？　……なんて」

「――！」

それは、レオさんの体温で……ということで、合ってます⁉

〝ぜひお願いします‼〟と答えようとして、ふと思いとどまる。

ああ……駄目よ、シベル……‼

本当は寒かったわけじゃないって、ちゃんと言わないと……‼

「あの……えっと……」

けれど、そのとき私の頭の中で誰かが甘く囁いた。

『せっかくレオさんがこう言ってくれているのだから、素直に頷いていいのよ。シベル！』

そうか……そうね、お断りするなんて、あり得ないわよね。それに私たちは婚約したのだから、抱きしめてもらっても大丈夫よね。

そんな言葉が聞こえた気がした私は、ありがたく頷こうとした。けれど――。

『駄目よシベル!! あなたは聖女でしょう？ レオさんのような心の綺麗な方を騙して抱きしめてもらって、本当に嬉しい!? ちゃんと本当のことを正直に話して……!!』

続いて頭の中で違う誰かにそう言われた気がした私は、頷こうとしていた首をぴたりと止めた。

……そうよね。やっぱり騙すようなかたちで抱きしめてもらうのはよくないわ。

ここは本当のことを言わなければ……!!

「あの……レオさん」

覚悟を決めてレオさんをじっと見上げた私に、レオさんは言葉を被せるように口を開いた。

「あー！ すまない、シベルちゃん！ そんなの嫌だよな？ やはり毛布を持ってこよう――」

けれど、レオさんは再びなにかを勘違いしたのか、誤魔化すようにそう言って立ち上がってしまった。

「待ってください……!!」

そんなレオさんの服の裾を、私は思い切り摑んで引き止める。

「シベルちゃん？」

「違うんです……本当は私、寒かったわけじゃないんです……」

「え？」

思い切ってそう口にすると、レオさんは不思議そうな声を出した。

「……」

「……」

そして、私の言葉の続きを待つ。

これは、言わないと駄目よね？　寒くもないのにどうしてレオさんのシャツを着ていたのか……。

「申し訳ありません……!!」

「え？　どうして謝るんだ」

「その……魔が差してしまったと言いますか……、レオさんのシャツが置いてあったので、つい着てしまったんです」

「……寒かったからだろう？」

「いいえ。単純に、レオさんのシャツを着てみたくて……」

「…………」

白状すると、レオさんは黙ってしまった。きっと引いているのだ。

あまりにも正直に言いすぎただろうか。もっと上手い言い方があったのではないだろうか。

そんなことを考えてみたけれど、もう言ってしまったのだから取り消すことはできない。

〝なんていうのは冗談で――〟と言っても、それこそ今更信じてもらえるはずがない。

私は婚約者の脱ぎたてのシャツをこっそり着て楽しむ変な女だと思われたに違いない。

嫌われて婚約を破棄されてしまうかもしれない。

というか、こんな女と結婚しなければならないレオさんがかわいそうだとすら思えてくる
……。自分のことだけど。

「つまり、俺を感じたかったと？」

「はっきり言うとそうです……。すごくいい匂いがして、それにレオさんの身体って本当に大きいんだなってわかって、とても幸せでした」

「……そうか」

ああ、終わった。なにを正直に答えているのよ、シベル。だけど、本当に幸せだったわ……。

「今までお世話になりました。ありがとうございます」

もう一度覚悟を決めてそう言いながら、シャツを脱ぐ。

最後にとても素敵な思い出をいただいた。勝手にだけど。

でもこれで私はこれからも強く生きていける。聖女としての仕事は、やらせていただけるのならできる限り頑張ろう。

「待ってくれ、なんだ、その言い方は。まるでどこかへ行ってしまうみたいだ」

「……だって、こんな女気持ち悪いですよね……？」

「そんなことはない！　その……少し照れただけだ……。君にそう思ってもらえるなら、俺は嬉しいくらいだ」

「え、嬉しい……？」

「ああ」

レオさんは、天使ですか？　聖女？　あ、男性だから聖人？　とにかく、目の前にいるこの方がとても輝いて見える。

「だが、ここに本物がいるのだから……シャツではなくいつでも俺に抱きついてきてくれていいんだぞ……？」

「えっ！」

「俺は君のものだよ？　シベルちゃん」

「まぁ！」

よろしいのですか!?　本当に!?

「ありがとうございます……!!」

嬉しい。とても嬉しい。なんというご褒美だろうか、これは。

でも、だからといって早速そのたくましい胸の中に飛び込む勇気はまだない。

「……」

それで戸惑っていたら、レオさんがそっと口を開いて言った。

「俺はなんだか少し寒いのだが……シベルちゃんがあたためてくれないだろうか？」

「……!!」

思いもよらないレオさんの言葉に私は一瞬驚いたけど、すぐに嬉しい気持ちが胸いっぱいに広がった。

「喜んで!!」

そして勢いよく頷くと、レオさんはぷっと笑って私を抱きしめた。

「わ……っ」

「君は本当に可愛いな、シベルちゃん」

「……本当ですか？　本当に、こんな女でいいんですか？」

「君がいいんだ」

私の耳元で甘く囁くと、レオさんは本当に愛おしそうに私の頭を撫でてくれた。

とても嬉しい。私は幸せ。

シャツでは感じられなかったレオさんの温もりと胸筋の実際の厚さに、私は今度こそ昇天しそうになったのだった。

追放された騎士好き聖女は今日も幸せ
～真の聖女らしい義妹をいじめたという罪で婚約破棄されたけど、憧れの騎士団の寮で働けることになりました！～

あとがき

こんにちは。結生まひろです。

この度は『追放された騎士好き聖女は今日も幸せ～真の聖女らしい義妹をいじめたという罪で婚約破棄されたけど、憧れの騎士団の寮で働けることになりました！～』をお手に取っていただき、誠にありがとうございます。

私は異世界恋愛ものを何作か書いているのですが、強くてたくましい騎士ヒーローが好きだということに気づきました（騎士ヒーローばかり書いている……）。

聖女追放ものが流行っていることを知り、〝騎士が好きな聖女が騎士団の寮に追放されたら美味しいのでは……？〟と思いつき、このお話を『小説家になろう』に投稿したのが始まりでした。

清く正しくあるべきの聖女ヒロインが変態だし、「筋肉！　筋肉！」なお話を好んでくれる人はいるだろうか？　と、不安に思っていましたが、ありがたいことにこうして書籍化という素敵な機会をいただくことができました。

この作品は、WEB掲載時にたくさんの読者様からのあたたかく優しい、そして面白い感想に支えられてきました。

一話更新する毎に、私が欲しい突っ込みを的確にいただき、毎回笑わせていただきました。

中でも、「安心しろ、レオ。ド変態シベルちゃんは毎日幸せだぞ……」「シベルちゃんはこれからも変態でいてください」「シベルちゃん、まじシベル（ぶれない）」などというようなコメントに、お腹を抱えて笑わせていただきました！

読者様、センスいい……。

そして、ウルフに襲われたシベルが聖女の力を発揮し、気を失ってレオに抱きかかえられながら馬で帰るシーンでは、「シベルちゃんの心残り、レオの胸筋にすりすりすることだけかよw」「シベル！目を覚ませ！　レオの胸の中だぞ!!」「シベルがレオの胸の中で目を覚ます:ifストーリーが見たい」という意見をいただきました。ぜひ番外編で書こうと思ったのですが、とても短いワンシーンなので、この場をお借りして再現させていただこうと思います。


『あのとき、もしもシベルが目を覚ましていたら』


馬の背に揺られる衝撃で目を覚ました私は、自分がレオさんに抱かれて乗馬していることに気がついた。

シベル（私、どうしてレオさんの胸の中にいるの!?　もしかして、ここは天国？　心残りがあった私に神様から最後のご褒美ね……！）

せっかくなので、そのたくましい胸に惜しみなくすりすりさせてもらう。

シベル（はぁ……レオさんの胸筋……たくましい……しあわせ……）

レオ（シ、シベルちゃん……!?　そんなに俺にすり寄ってくるなんて……！　しかし、今はそういう状況では……）

シベル「はわわわわわ」

レオ「はわわわわわ」
ミルコ「……おまえらいい加減にしろよ」

……という感じです。すみません。

二人ではわわわしているのを、ミルコとリックが白い目で見ているところしか想像できませんでした。ごめんなさい……(泣)。

話は変わりますが、そんなキャラクターたちを魅力的に描いてくださったいちかわはる先生には、大変感謝しております。

まずキャラクターデザインをいただいたのですが、見た瞬間もだえました。

とにかくシベルが可愛い！　こんな可愛い顔して変態なのか……！　控えめに言って最高……!!

そしてレオが理想的な格好よさで、更にミルコ、ヨティ、リックのメイン騎士三人がまた……想像以上の格好よさで……！

マルクスまで格好いい……憎めない……。アニカも可愛いしエルガさんも素敵……。と、しばらくの間、いただいたキャラデザを毎朝見ては「おはよう、シベルちゃん。今日も可愛いね」と挨拶する、溺愛ヒーローのようなことをしていたのは内緒です(照)。

いちかわはる先生、本当にありがとうございます！

そして、いち早くお声をかけてくださり、一緒に作品を作り上げてくださいました担当様にも改めてお礼申し上げます。読者様からも担当様からも本当にたくさんの愛を感じて、とても幸せです。この作品はすごく幸せな気持ちで書くことができました。

本作はコミカライズ企画も進行中ですので、ぜひ楽しみにしていただけると嬉しいです。

最後になりますが、ここまで読んでいただきありがとうございました。

第一騎士団の寮からは離れましたが、まだまだシベルの物語は続く予定です。今後とも、シベルやレオたち騎士を見守っていただけると幸いです。

また、ファンレターで感想などをいただけると、とても励みになります……！

本作の製作、販売に携わってくださったすべての方に感謝申し上げます。

それでは、次巻でもお会いできることを願って。

二〇二三年三月吉日　結生まひろ

この本を読んでのご意見・ご感想・ファンレターをお待ちしております。
〈宛先〉 〒104-8357 東京都中央区京橋 3-5-7
（株）主婦と生活社 PASH！ブックス編集部
「結生まひろ先生」係
※本書は「小説家になろう」（https://syosetu.com）に掲載されていたものを、改稿のうえ書籍化したものです。
※この作品はフィクションであり、実在の人物・団体・法律・事件などとは一切関係ありません。

PASH!ブックス

追放された騎士好き聖女は今日も幸せ

2023年4月17日 1刷発行

著者	結生まひろ
イラスト	いちかわはる
編集人	山口純平
発行人	倉次辰男
発行所	株式会社主婦と生活社 〒104-8357 東京都中央区京橋 3-5-7 03-3563-5315（編集） 03-3563-5121（販売） 03-3563-5125（生産） ホームページ https://www.shufu.co.jp
製版所	株式会社二葉企画
印刷所	大日本印刷株式会社
製本所	下津製本株式会社
デザイン	井上南子
編集	星友加里

ISBN978-4-391-15915-8